Daphné Vanel

Jusqu'à la mer

roman

Mialet-Barrault Éditeurs
3, place de l'Odéon
75006 Paris

www.mialetbarrault.fr

ISBN : 978-2-0802-8695-6

I

J'étais dans un champ, aux abords de Kneuk. Kneuk-sur-Mer. Je dormais dans l'herbe, à côté de ma voiture. Un véhicule de police a dû me voir de la route parce qu'ils se sont arrêtés pour me demander ce que je faisais là. Je ne les ai pas entendus se garer.

— Monsieur ?

Je me suis redressé d'un coup. Le sommeil est différent quand on dort dehors. Plus léger, poreux. Un insecte s'était glissé dans l'ourlet de mon pantalon. Il s'est échappé quand je me suis assis et s'est perdu dans l'herbe.

Un policier se tenait devant moi et un autre était resté dans la voiture. Je le voyais s'affairer à quelque chose derrière le pare-brise.

— Monsieur ?

Il voulait savoir ce que je fabriquais ici. Je lui ai dit que je n'aimais pas les hôtels. Surtout près de la mer. Il y a toujours quelque chose d'un peu vermoulu dans l'air.

Il m'a demandé ce que j'allais faire à Kneuk.

— Je dois récupérer un papier.

— Un papier ?

— Un document. Administratif.

Il m'a regardé d'un peu plus près et puis il m'a demandé mes papiers et ceux du véhicule.

J'ai allumé l'autoradio. Une voix monotone énumérait une liste d'effets secondaires : « états de rêverie profonde, déjà-vu intenses, souvenirs inconnus, sentiment d'inexactitude général… ». L'annonce se terminait par la mention : « Ni crédit, ni remboursement. »

J'ai éteint la radio.

Le policier m'a dit qu'il devait aller s'entretenir avec son collègue et m'a fait signe de rester où j'étais. Je lui ai dit que je devais aller pisser.

Il y avait un cours d'eau un peu plus bas.

Si l'occasion se présente, il est toujours capital de se soulager dans une étendue d'eau.

Sur la rive, j'ai remarqué une couverture posée par terre avec les restes d'un pique-nique dessus. Du pain, du fromage, des fruits et une substance molle et froide dans une boîte en plastique. Tout était intact. J'ai regardé aux alentours, mais je n'ai vu personne. Le ruisseau glougloutait gentiment entre les cailloux. J'avais faim, alors j'ai pris un bout de pain et du fromage et je suis resté debout à mastiquer devant l'eau. Ça n'avait pas trop de goût. J'ai observé à nouveau les aliments sur la couverture ; ils paraissaient un peu étranges, artificiels, posés là intacts comme ça. Ça m'a rappelé la dînette de Rita. J'ai pris un fruit qui n'avait pas de goût non plus et la chair cotonneuse m'est restée sur la langue.

En remontant vers la voiture, une bribe d'un rêve m'est revenue. Une impression, sans contours précis. Quelque chose de long et d'étroit et d'un peu triste, qui s'est tortillé un instant à la lisière de mon esprit puis s'est estompé rapidement, de la petite mort glissante des rêves et n'est plus revenu.

J'ai regardé ma montre. 6 h 51. Cette montre affichait toujours des minutes impaires. Je ne me souvenais pas de la dernière fois où j'avais vu une minute paire. Je devrais la changer.

Les deux policiers parlaient encore entre eux. Ils avaient l'air d'être embêtés par quelque chose.

Celui qui était resté dans la voiture pianotait sur un petit ordinateur posé sur ses genoux. Je me suis approché d'eux. Devant ma voiture, l'herbe était encore un peu affaissée là où j'avais dormi.

Le policier dans la voiture m'a fait un signe de tête à travers le pare-brise. Un sac en papier taché de gras traînait sur le tableau de bord, il y plongeait sa main de temps en temps et enfournait quelque chose dans sa bouche. Et puis il essuyait ses doigts sur le côté de son pantalon avant de se remettre à taper sur le clavier.

Parfois, la radio de la voiture grésillait et diffusait un appel qui ne semblait pas les concerner. « Crrr… Animal non identifié repéré dans station-service. Zone littorale 12. Renfort demandé. Crrrr. »

— Ça s'épelle bien comme ça, votre nom ? Avec un *z* à la fin ?

Il a brandi ma carte d'identité à hauteur de mes yeux. J'ai répondu :

— Oui. Mais il ne se prononce pas, le *z*.

Le policier dans la voiture a pianoté encore un peu en secouant la tête.

Ils avaient l'air embêtés par quelque chose.

J'ai agité quelques pièces de monnaie au fond d'une de mes poches en attendant. Du bout des doigts, j'ai senti un papier roulé en boule.

– pommes
– olives
– fromage
– javel
– éponge
– brocoli
– brocoli
– shampoing
– bières ?

J'ai relu la liste deux fois. Je ne me souvenais pas l'avoir écrite mais l'écriture me semblait familière. La personne devait avoir vraiment envie de brocoli parce que c'était écrit deux fois.

Le policier dans la voiture a fermé d'un coup sec l'ordinateur portable. J'ai fourré la liste dans ma poche.

Il m'a dit qu'ils ne me trouvaient pas dans le système, que le système était peut-être en panne et que ça arrivait parfois au système. Il a replongé sa main dans le sac en papier et ils m'ont demandé de les suivre au commissariat.

II

Au commissariat, ils m'ont dit de m'asseoir dans le couloir et de les attendre. Et puis ils ont disparu dans un bureau. Il n'y avait pas grand monde à cette heure-ci. De temps en temps, un téléphone sonnait quelque part. La sonnerie m'a semblé familière. Comme si je l'avais déjà entendue. Ça m'a rendu vaguement inquiet, je ne sais pas pourquoi.

À côté de ma chaise, un sac à dos reposait contre le mur. Il était rempli de bouteilles de bière vides et de livres de bibliothèque. Leurs couvertures en plastique reflétaient la lumière du plafond. J'en ai pris un au hasard : *Appuie sur le champignon ! Guide mycologique pour débutants.*

Une des bouteilles était encore pleine, j'ai hésité à la glisser dans la poche de ma veste.

Un homme était assis à côté de moi. Il m'a tendu un papier avec la photo d'un chien en noir et blanc qui prenait la moitié de la feuille.

DOUGLAS
Aperçu pour la dernière fois au parc canin.
Signe distinctif : léger boitement de la patte droite.
Contactez d'urgence le 06-2000-1897.
Ne pas siffler. Ne nourrir sous aucun prétexte,
ALLERGIES SÉVÈRES.

Je ne savais pas bien quoi dire. Je lui ai demandé quelle race c'était.

— Husky, il a dit, en replaçant ses lunettes qui glissaient le long de son nez.

J'ai regardé l'affiche à nouveau. Les chiens ressemblent à leurs maîtres, souvent. Mais pas cette fois. Peut-être que c'était pour ça qu'il était parti. Parce qu'il sentait qu'ils n'allaient pas ensemble.

— Je l'ai eu dans un centre d'adoption. Ils ont toutes sortes d'animaux là-bas. Pas que des chiens. Des chèvres, des chevaux, des poules... Il était déjà adulte quand je l'ai eu, mais je n'ai jamais pu savoir son âge exact. Alors j'ai choisi une date d'anniversaire au hasard. Début août. Il adore l'été, la chaleur. J'ai toujours trouvé ça étrange pour un chien comme lui. Il peut rester des heures au soleil sans bouger. Comme un gros lézard.

Il s'est arrêté et puis comme je ne parlais pas, il a continué.

— Le jour de son anniversaire, on fait toujours une marche. Toujours au même endroit, le long de la côte. Il adore aller là-bas. Là où la rivière se déverse dans la mer, vous voyez ?

— Je ne suis pas du coin.

J'ai tourné un peu la feuille entre mes mains en cherchant quoi dire.

— Peut-être qu'il est juste allé voir ailleurs ? Et qu'il va revenir ?

Il a eu l'air de réfléchir.

— Non. Il ne ferait pas ça. On est très bien ensemble. Heureux, je crois.

— Parfois, les gens font des choses inattendues quand ils sont heureux.

Il m'a regardé un moment.

— Vous avez des animaux ?

— Non, j'ai dit. Je n'aime pas devoir rentrer à une certaine heure pour les nourrir ou les sortir. Quand j'étais jeune, j'adorais les chevaux. Je montais à cheval quand je pouvais, dans une ferme pas loin. Mais je suis devenu allergique, alors j'ai dû arrêter.

J'ai attendu un peu, mais il ne m'a pas demandé ce que je faisais là.

Un vieux distributeur de boissons ronronnait plus loin dans le couloir. Une de ces anciennes machines avec une fente pour les pièces et de gros boutons rectangulaires devant chaque option. Expresso, thé, cappuccino, soda, soupe à la tomate. Il y a toujours l'option soupe à la tomate dans les vieux distributeurs. Je me suis demandé qui la choisissait, cette soupe à la tomate.

Je n'arrivais pas à me décider entre le cappuccino et le soda : le café mélangé à la mousse, ça forme la jolie couleur beige et douce, mais le soda, ça fait le pschitt magnifique à l'ouverture. J'aimais ces deux choses de façon égale. Je suis resté la main en l'air sans savoir quoi choisir.

Il y avait une porte entrouverte à côté du distributeur. À l'intérieur, une dizaine d'écrans diffusaient des images de caméra de surveillance. Sur la table, un morceau de pain prenait la poussière à côté d'une tasse à moitié remplie. Peut-être de la soupe à la tomate.

La qualité était médiocre et certaines images tressautaient. Sur une des télévisions, un groupe de personnes triait du courrier à une vitesse folle devant un tapis roulant.

Un autre écran montrait un endroit inconnu, qui n'avait pas l'air d'être dans le commissariat. Celui juste à côté diffusait en accéléré la décomposition d'un fruit que je ne connaissais pas.

Sur un autre écran, une vidéo explicative détaillait la conception de miroirs sans tain.

« … Une lumière excessive sur le côté non réfléchissant du miroir peut altérer le fonctionnement de la vision périphérique des individus observés, voire dans

les cas extrêmes, refléter un objet imaginé. La qualité translucide de la paroi pourra varier selon la nature de l'objet réfléchi, la saison ou en cas d'utilisation d'ampoules à basse consommation. » La vidéo s'arrêtait ensuite de façon abrupte avant de reprendre au début.

Quand je suis sorti de la pièce, le haut-parleur du commissariat a déversé quelques bouts de mots inintelligibles dans un grésillement plaintif.

Un homme était assis par terre dans le couloir. Je ne me souvenais pas l'avoir vu tout à l'heure. Son dos reposait contre le mur, il avait l'air profondément endormi. Ça devait être à lui, le sac à dos. Ses vêtements étaient propres mais froissés et ses pieds étaient nus. Sa tête est tombée lentement sur son épaule. J'ai regardé ses pieds nus, pâles, affreusement vulnérables, et j'ai été content de ne pas avoir pris la dernière bouteille de bière. Peut-être en avait-il plus besoin que moi.

Un des policiers a fini par revenir. Il m'a tendu mes papiers, a marmonné quelque chose que je n'ai pas compris et a dit que je pouvais y aller.

— Vous savez où est la mairie ? j'ai demandé.
— L'ancienne ou la nouvelle ?
— Il y en a deux ?

— Oui. À cause de la tempête.

J'ai secoué la tête.

— Je ne suis pas d'ici.

— Après la tempête, ils ont tout transféré dans la piscine municipale. C'était le seul endroit assez grand. Tout est là-bas maintenant. Un joyeux bordel.

III

COMPLEXE AQUATIQUE ATLANTIS III

Le panneau était vieux et de la mousse verdâtre poussait dans le creux de chaque lettre. Dans l'entrée, un boucan pas possible résonnait en écho et un agent de sécurité raccompagnait un groupe scolaire vers la sortie. Certains enfants avaient des lunettes de plongée sur la tête. D'autres portaient leur slip de bain au-dessus de leur pantalon. Ils avaient l'air déçus.

Quand ils sont passés à côté de moi, j'ai entendu un garçon aux cheveux ras expliquer à un autre garçon pourquoi le lit du haut était forcément le meilleur choix. Je n'ai pas eu le temps de suivre toute l'explication, mais ça m'a semblé plutôt bien pensé.

À l'accueil, un long jeune homme à la bouche molle était penché sur son téléphone. J'entendais le *clic clic* de ses ongles sur l'écran. Il ne m'a pas remarqué.

— C'est bien la mairie ici ?

Il a relevé lentement la tête et m'a adressé la fin d'un sourire qui ne m'était pas destiné. À ce moment, une voix monocorde a résonné dans le hall :

« Bienvenue à l'hôtel de ville. Nous déclinons toute responsabilité en cas de chute ou d'accident se produisant dans nos locaux temporaires et vous incitons à vous déplacer avec la plus grande prudence compte tenu de l'humidité ambiante. Pour toute information, veuillez vous diriger vers l'accueil. »

— Je viens récupérer un formulaire AC-22.

Le jeune homme a pianoté un peu sur son ordinateur.

— Vous savez qu'avec la carte de membre, vous n'avez pas besoin de passer par le dossier d'immatriculation ou les formalités compensatoires ?

— Oui, je sais.

— Et les stipulations initiales sont revues à la baisse.

— Oui, je sais.

Il a haussé les épaules. Le badge en plastique sur sa veste a accroché la lumière.

— Allez directement au bureau des espaces transitoires. Bâtiment B, au fond du bassin principal. Demandez Gretchen.

Une plage de sable artificielle séparait les deux bâtiments. Ça m'a semblé un peu bête, une fausse plage si près de la mer. Mais peut-être que les gens s'y sentaient mieux, plus en sécurité.

J'ai trébuché sur une boîte en fer à moitié enfouie au milieu du passage. Elle était pleine de petites coquilles vides. Je les ai fait tourner entre mes doigts, mais je n'ai pas réussi à savoir si elles étaient vraies ou pas. J'en ai pressé une contre mon oreille et il m'a semblé entendre un murmure grave et régulier qui aurait pu être ma propre respiration, ou alors autre chose.

Il n'y avait pas foule dans le bâtiment B. Pour aller au bassin principal, je suis passé par une grande pièce froide. Un panneau *Comptabilité* était accroché sur la porte. La climatisation soufflait à plein régime et emplissait la salle d'un bourdonnement continu. Un ordinateur de la taille d'un frigo se tenait au milieu de la pièce et clignotait doucement. Au sol, le carrelage se fissurait un peu par endroits et des casiers en métal étaient alignés le long des murs. Ça devait être les vestiaires avant. J'ai pensé à tous les gens qui avaient dû être nus dans cette pièce.

Je me suis demandé où les groupes scolaires allaient pour nager maintenant.

En m'éloignant, j'ai croisé un petit monsieur replet qui portait une serviette-éponge autour du cou et un air de résolution contrariée sur le visage.

Au fond de la piscine vide, des parois de plastique opaque séparaient les bureaux. Il faisait chaud et l'air sentait le chlore. Je suis descendu par l'échelle. Au-dessus de moi, deux employés étaient assis sur le plongeoir et buvaient dans des gobelets en plastique, les jambes dans le vide.

Ils m'ont indiqué un poste au fond, contre le bord.

Bureau des espaces transitoires – Gretchen P.

Le compartiment était vide. Il y avait juste un bureau au milieu et une plante dans un coin. Elle était mal en point et des feuilles brunes se tordaient sur le sol. Dans le couloir, un homme aux longs doigts retirait des boules de papier d'une énorme imprimante qui ressemblait à une tombe.

Un dossier était ouvert sur le bureau. Des listes de questions y étaient inscrites sur des feuilles agrafées entre elles.

...

– Possédez-vous une carte de transition provisoire ?

– Avez-vous été en contact avec une substance fongicide dans les six derniers mois ?

– Votre régime alimentaire contient-il des fruits à coque ?

– Vous arrive-t-il d'avoir des troubles auditifs sans stimuli préalables ?

– Notez entre 1 et 10 l'intensité de vos perturbations oniriques nocturnes.

...

Des Post-it rose vif dépassaient par endroits du dossier, mais en regardant, rien ne m'a semblé particulièrement important.

Une voix m'est parvenue depuis la porte.

— Vous cherchez quelque chose ?

IV

Un grand homme chauve à lunettes s'est avancé dans le bureau.

Derrière lui, l'homme à la photocopieuse a poussé un grognement et a disparu en laissant dans le couloir une odeur de papier chaud.

— Je cherche Gretchen.

— Ralph, il a dit en pointant son pouce vers sa poitrine. Ça fait un moment qu'elle n'est pas venue, Gretchen. Elle travaille plutôt de chez elle. Depuis le déménagement.

— Ah.

— C'est à cause de l'odeur. L'odeur du chlore. Elle ne supporte pas. Elle dit que ça lui donne le vertige.

Il a reniflé, comme pour sentir l'air autour de lui.

— Elle ne part pas cette odeur. Parfois on ne la sent plus pendant des jours, et puis elle revient. Les lundis surtout. Ou les jours de rentrée de classe.

J'ai reniflé moi aussi, mais je n'ai pas senti grand-chose.

— Je peux vous donner son adresse si vous voulez. Je dois l'avoir quelque part dans mon bureau.

Nous avons marché côte à côte dans le couloir étroit au fond de la piscine jusqu'à son poste. Son épaule tapait un peu dans la mienne à chaque pas.

— C'est une urgence ? il m'a demandé.

J'ai réfléchi un instant.

— Oui, je crois bien.

— Vous savez qu'en tant que membre, les situations de nécessité formelle et les motifs impérieux non modulables sont pris en charge à 100 % ? Vous saviez, ça ?

— Oui.

Une plaque était accrochée sur la paroi du compartiment :

Département des représentations spatiales – Ralph B.

Son bureau était un capharnaüm sans fin de paperasse et d'objets. Ce n'était pas un désordre confus mais plutôt un fouillis paisible, sérieux, où les choses ne se perdent pas.

Il s'est mis à fourrager sous les papiers et dans les tiroirs.

— Je l'ai ici quelque part. Je sais que je l'ai parce que j'y suis allé une fois. Chez Gretchen. C'est un peu loin de tout. Mais très beau. Si on aime ce genre d'endroit.

— Quel genre d'endroit ?

Il a stoppé ses recherches un instant pour réfléchir.

— Je ne sais pas. Un peu sauvage. Farouche.

Des cartes étranges étaient scotchées aux murs de son compartiment, toutes sortes de cartes aux légendes et aux échelles curieuses.

— Vous êtes cartographe ?

— Exactement !

— J'ai toujours bien aimé ça, les cartes, j'ai dit.

Il m'a souri et son menton a trembloté d'aise. Comme s'il me remarquait pour la première fois. J'ai pointé celles qui étaient accrochées à la paroi.

— C'est vous qui les avez dessinées ?

— Elles sont vieilles, celles-ci. On ne les fait plus comme ça maintenant. Tout est plus précis. C'est dommage. Il faut toujours garder un peu de mystère pour faire une bonne carte. Ça doit donner envie de découvrir d'autres cartes. Mais attention, ce n'est pas parce qu'il y a du mystère qu'on ne peut pas être rigoureux. Surtout pour les légendes. C'est le nerf de la guerre les légendes, pour réussir une bonne carte.

— J'ai entendu dire qu'il ne fallait jamais utiliser du orange dans les légendes. Que ça portait malheur.

— Jamais. Ça fausse tout le orange. Les couleurs des légendes, c'est un sujet incroyablement complexe. Très versatile. Il faut toujours se tenir au courant, avoir les bonnes sources, pour rester dans le coup. Moi-même, je suis inscrit à plusieurs publications différentes. Pour diversifier les informations, vous comprenez. C'est bien simple, la seule constante dans le monde des légendes c'est le blanc.

— Le blanc ?

— Le blanc dans les cartes. C'est toujours le vide. C'est la couleur du vide.

— Ah.

Il a eu l'air de vouloir me révéler quelque chose de plus, mais il s'est retenu. J'ai demandé :

— Et là, vous travaillez sur quoi en ce moment ?

— J'ai toujours plusieurs choses sur le feu. Tout ce que la ville me demande. Et puis, je fais aussi des cartes pour les particuliers de temps en temps. Vous seriez surpris du nombre de personnes qui veulent faire cartographier des choses. Une fois, quelqu'un m'a demandé de cartographier les endroits où les gens faisaient sécher leur linge dehors. Une autre fois, tous les bancs publics orientés au sud, ou alors tous les portails où les chiens aboient sur les passants. L'important avec les cartes, c'est de se concentrer sur une seule chose, un seul détail du monde extérieur, en oubliant tout le reste. Quand j'ai le temps, j'en fais pour moi-même aussi – il a pointé les cartes sur le mur –, celle-là indique les empreintes dans le ciment frais. Et celle-ci, les petites flaques de lumière entre les branches. Celle-ci…

Il a continué à énumérer doucement, comme s'il parlait pour lui.

— Ah ! il a brandi un morceau de papier aux bouts cornés, la voilà !

Il m'a tendu l'adresse.

— Vous avez une voiture ?

V

Crrrrr…

102.4.TraficFM. Il est 10 h 37.

FLASH INFO TRAFIC

Animal sauvage non identifié repéré sur la route côtière n° 7. Danger de collision important. L'animal semble endormi sur la chaussée. Ne pas s'approcher. Ne pas nourrir.

Si vous arrivez dans la zone à risque, ralentissez, baissez légèrement vos vitres et passez sur 103.6, la fréquence des bruits naturels en continu. Si vous êtes déjà arrêté au point panoramique, attendez l'arrivée des services compétents et prévenez les autres véhicules.

Crrrrr…

Apnée du sommeil ? Mélancolie nocturne ? Endormissement difficile ? Retrouvez notre gamme complète de produits d'amélioration du sommeil et profitez de 10 % de réduction pour toute commande passée entre 3 heures et 5 heures du matin…

Crrrr…

***Sagittaire** : Méfiez-vous des choses en hauteur. Votre équilibre reste précaire. Amour : Des phéromones jouent en votre faveur.*

***Capricorne** : Ne prenez pas la mer.*

***Verseau** : Travail : Prenez garde aux trombones ou autres accessoires de reliure.*

***Poissons** : La lune ascendante vous aide à lutter contre la somnolence.*

***Bélier** : Faites vérifier votre vue.*

***Taureau** : Sous l'influence de Mercure, évitez de consommer des légumes à bulbe jusqu'au 15 du mois.*

***Gém**…*

Crrrr…

Swwwwwing !

104.5.Swing FM vous offre quatre heures de musique sans interruption !

Morceau 1 [Entraînant, vite oublié.]

Morceau 2 [Mélancolique.]

Morceau 3 [Connu un jour par cœur.]

Morceau 4 [Donne envie d'être seul.]

Crrrr…

VI

Il n'y avait ni portail ni barrière autour de la maison de Gretchen. Juste une longue route lisse qui menait jusqu'à l'entrée. Je me suis garé devant la maison. La voiture a pétaradé gentiment et a exhalé un petit nuage noir.

Le jardin était un peu chétif. Comme s'il ne recevait pas tout à fait assez de lumière. À l'angle, un gros chat gris tenait en équilibre sur le bord d'une poubelle. Je l'ai regardé un moment. Il a fini par la faire tomber et un salmigondis crasseux s'est déversé par terre. Une odeur de chou s'est répandue dans l'air. Après une hésitation, le chat est entré entièrement dedans et n'est plus ressorti.

Un mot était accroché sur la porte d'entrée.

DE RETOUR BIENTÔT.
G.

J'ai quand même frappé à la porte, mais personne n'a répondu. Un mouvement a attiré mon regard et j'ai vu une femme au loin dans le jardin. Sa silhouette renvoyait une ombre bien pleine sur le sol. Quand elle m'a vu, elle a mis sa main en visière au-dessus de ses yeux.

Quel était son nom déjà ? J'oublie les choses ces temps-ci. Les petites choses. Et ça me revient plus tard. Par bribes. Comme quand on entre dans une pièce et qu'on oublie ce qu'on était venu y chercher. Il faut alors revenir sur ses pas pour s'en souvenir. Comme si on avait laissé une partie de son esprit derrière.

Le nom m'est revenu.

— Gretchen ? j'ai demandé.

Elle a fait non de la tête.

— Moi c'est Juliet. J'habite à côté.

Elle clignait des yeux d'une drôle de façon, très vite et par séries de deux ou trois. Ça lui donnait un air curieux, un peu impatient. Ou peut-être qu'elle était juste éblouie.

Elle a essuyé sa main pleine de terre sur sa jambe et me l'a tendue. Sa paume était un peu moite, mais ça ne m'a pas dérangé. Elle ne savait pas où était Gretchen, ni quand elle reviendrait.

— Elle m'a laissé un mot pour que je m'occupe du jardin. Elle aime bien laisser des mots, Gretchen. Vous jardinez, vous ?

— Je n'ai pas la patience, je crois.

Elle a regardé le ciel.

— Ça vous embête de m'aider à finir avant qu'il pleuve ?

Je n'avais rien de prévu. Ni maintenant, ni vraiment plus tard, ni d'ailleurs pour le reste de ma vie, alors j'ai dit oui.

Elle m'a tendu un seau et elle s'est remise à arracher les mauvaises herbes. Je ramassais derrière elle et je les entassais dans le seau. Parfois, elle levait la tête vers le ciel et puis elle continuait. Je levais la tête aussi, mais je ne savais pas trop ce que j'étais censé regarder et le soleil me laissait une trace têtue au fond des yeux. On a avancé lentement comme ça vers le fond du jardin pendant que le ciel s'assombrissait. À un moment, Juliet est rentrée dans la maison et je suis resté seul dehors. Tout était silencieux, à l'exception de ce que les grands arbres faisaient là-haut entre eux. Sous mes pieds, une longue ligne de fourmis avançait en file indienne. Parfois, l'une d'entre elles brisait la ligne et s'éloignait d'un pas décidé vers un but inconnu. Juliet est revenue et nous avons continué à travailler. Quand la pluie a commencé, le seau de mauvaises herbes débordait. On aurait dit une curieuse chose feuillue et malade.

Nous nous sommes assis sur les marches, sous le porche qui entourait la maison.

— Lenny savait toujours quand il allait pleuvoir, a dit Juliet.

Elle a sorti d'un sac des canettes de soda et un sandwich à peu près aussi gros que mon bras. Ça m'a ébloui, la rapidité avec laquelle elle mangeait. Elle croquait dans son sandwich avec sauvagerie. Parfois, elle ouvrait entièrement le pain et réarrangeait les morceaux à l'intérieur avec ses doigts puis elle croquait dedans à nouveau. Entre chaque bouchée, elle descendait la moitié de sa canette de soda. Moi je mange toujours très lentement. Au bout d'un moment, elle a dû sentir que je l'observais parce qu'elle a haussé un peu les épaules. Elle m'a demandé :

— Vous voulez un morceau ?

— Non merci, c'est gentil.

Je l'ai regardée liquider la fin du sandwich et je me suis dit que jamais je n'avais fait quelque chose avec autant de passion. Je ne pense pas que j'aurais pu faire quoi que ce soit comme ça.

— Il est à quoi, votre sandwich ? j'ai demandé.

— Thon. Pourquoi ?

— Comme ça, pour savoir.

Elle a balayé son pull de la main pour chasser quelques miettes.

— Vous auriez pris quoi, vous ? elle a demandé.

— Pardon ?

— Comme sandwich. Vous auriez pris quoi ? Je suis arrivée tard, il ne restait que poulet au curry. Et thon. Il reste toujours thon quand on arrive trop tard.

— Je ne sais pas. Comme vous, je pense.

— Mmmh, elle a hoché la tête, comme si elle était rassurée par ma réponse.

Elle s'est essuyé la bouche avec le revers de sa manche et elle a ajouté :

— J'ai du mal à faire des choix. Alors je m'entraîne sur les petites choses.

La pluie faisait un bruit terrible en tombant sur le toit de la voiture.

— Vous ne savez pas quand elle va revenir, Gretchen ? je lui ai demandé.

— Aucune idée. C'est urgent ?

— Un peu. Je crois.

J'ai hésité. Mon esprit me semblait vide. Pas un vide pressant, comme celui qui suit une question. Mais un vide plus épais, comme lorsqu'on ne retrouve plus le nom de quelque chose qu'on connaît très bien. Le titre d'une chanson, le nom de la rue dans laquelle on a grandi ou le prénom de quelqu'un qu'on a aimé il y a longtemps.

— Vous travaillez avec Gretchen ? À la mairie ? a demandé Juliet.

— Non. Je ne suis pas d'ici.

Elle a frappé trois petits coups secs avec son index sur le dessus d'une nouvelle canette avant de l'ouvrir. Ça a fait un pschitt extra.

— Elle n'est pas heureuse là-bas. Elle m'en parle souvent. La dernière fois que je suis venue, on était assises ici. Comme nous maintenant. On était assises là, on regardait les arbres et les ombres des arbres. C'est très beau ici le soir. Et elle m'a dit qu'avant, elle s'arrêtait, elle prenait le temps d'admirer les choses. La beauté des choses. Mais elle ne le faisait plus. Elle n'y pensait plus. Et ça a eu l'air de la rendre triste. Je lui ai dit que ça rendait toujours triste les fins de journée.

Je ne savais pas trop quoi dire, alors j'ai acquiescé et j'ai marmonné quelque chose à propos du formulaire. Elle a eu l'air de réfléchir.

— Je pense que je connais quelqu'un qui pourrait vous aider.

VII

Un néon rose clignotait au-dessus de la porte avec un bourdonnement sourd.

Au troisième œil
Prédiction – Tarot – Divination – Perte d'objets
– Résolutions diverses

Nous nous sommes assis avec Juliet dans la salle d'attente. Une drôle de lumière filtrait à travers la pièce. Il était difficile de dire si l'endroit était tout à fait dedans ou tout à fait dehors. Pas facile à chauffer comme endroit. D'anciennes affiches d'expositions étaient accrochées aux murs. « *Turner et la mer,* novembre 87-mars 88 », « *Couleurs et Décadences, Prolongations,* février-avril 99 ». J'ai toujours trouvé ça triste ces vieilles affiches, comme des petites giclées de moments déjà vécus, achevés depuis longtemps.

— Vous connaissez votre signe ? a demandé Juliet.

— Balance, je crois.

— Vous êtes né quand ?

— Octobre. Le 22.

— Balance, oui. D'ailleurs c'est le dernier jour pour être Balance, le 22. Après, c'est Scorpion.

— Ça change quelque chose ?

— Ça peut. Quand les gens sont entre deux signes comme ça, ils peuvent être... un peu hésitants, dans la vie. Un peu hors des choses. Jamais tout à fait à leur place. Wanda vous dira ça mieux que moi.

— Vous venez souvent ici ?

— De temps en temps, oui. Au début, je venais la voir parce que j'ai tendance à perdre les choses. Les petites choses, les choses importantes. J'égare tout, je ne sais pas pourquoi. Et je passe mon temps à courir partout pour les retrouver. C'est étrange, parce qu'autrement j'ai une excellente mémoire. Les noms, les numéros, les dates, pas de problème.

— Vous pensez qu'elle pourra m'aider ?

— C'est sa spécialité. Aider les gens à trouver ce qu'ils cherchent.

Une porte a claqué quelque part.

— Ah ! La voilà ! a dit Juliet.

Elle avait un visage admirable, Wanda. D'une laideur bien quelconque. Pas d'appendice difforme ou d'asymétrie particulière dans cette laideur-là, juste une laideur simple et franche, où tout était dit. Elle m'a souri. Ses incisives ressemblaient à deux pierres tombales l'une à côté de l'autre. Il y avait autour d'elle quelque chose de dense et de vif, qui donnait envie de la regarder une seconde fois.

— En quoi puis-je vous aider ? elle a dit.

— Je suis à la recherche d'un document.

— Je vois.

Elle a sorti un grand carnet dont les pages étaient couvertes de notes écrites horizontalement, verticalement et qui remontaient sur les bords.

— Je vais vous poser des questions. Répondez-y le plus simplement possible. Ce n'est pas juste la réponse qui m'intéresse, mais l'intention. La résolution. D'accord ?

— D'accord.

Elle a fait cliquer l'extrémité de son stylo deux ou trois fois.

— Y a-t-il des antécédents de strabisme dans votre famille ?

— Strabisme ?

— Strabisme.

— Non. Pas de strabisme.

Elle a griffonné quelque chose dans son carnet.

— Êtes-vous gaucher ou droitier ?

— Droitier.

— Êtes-vous en contact régulier avec un prêtre ?

— Non.

— Comment décririez-vous votre sommeil ?

— Plutôt profond.

Elle a coché quelque chose, puis raturé, puis coché à nouveau.

— Vous êtes-vous déjà battu ?

— Une fois.

— Avez-vous gagné ?

— Non.

— Vous arrive-t-il de grincer des dents ?

— Oui.

— Vous êtes-vous déjà brossé les dents avec vos doigts ?

— Oui.

— Vous arrive-t-il d'avoir faim lorsque vous êtes ému ?

J'ai réfléchi.

— Pas particulièrement, non.

Elle a pris une profonde inspiration et est restée quelques secondes immobile avec un drôle de regard fixe.

— Je pense que nous avons terminé.

Elle a fermé son carnet avec un claquement sec.

— Comment je saurai si ça a marché ?

— Vous arrêterez de chercher, je suppose.

— Et je saurai que c'est grâce à vous ?

Elle a souri un peu en coin. Elle n'avait pas l'air vexée. Plutôt amusée.

— Quand on regarde les étoiles la nuit, on ne les voit jamais clairement. Il faut regarder légèrement à côté. Du coin de l'œil.

J'ai attendu un peu, mais elle a eu l'air de trouver l'explication suffisante.

— Je vous dois quelque chose ? j'ai dit.

— La première session est offerte. N'hésitez pas à laisser un commentaire. Je fais aussi des visites à domicile.

— Je ne suis pas du coin.

Elle a hoché la tête.

Juliet m'a tiré doucement par le bras et nous sommes sortis. Ou rentrés. Je ne sais pas.

VIII

Il faisait une chaleur molle dans la voiture. La climatisation ne fonctionnait plus depuis longtemps. Juliet s'est tortillée sur son siège. Ça a fait couiner le cuir. Elle a ouvert la fenêtre et dans le courant d'air, j'ai senti une petite rafale fleurie monter de ses cheveux. J'ai allumé la radio. Les présentateurs débattaient sur la meilleure façon de combler un blanc dans une conversation. Nous avons écouté un moment en silence. Le pare-brise reflétait à l'envers un papier qui traînait sur le tableau de bord. Pendant la coupure publicitaire, j'ai fait défiler les stations à nouveau. Un morceau lent et sans paroles passait sur une station que je ne connaissais pas. J'ai remis ma main sur le volant.

— Vous écoutez souvent la radio ? j'ai demandé à Juliet.

— De temps en temps. Mais je ne sais jamais sur quelle station rester. Je me demande toujours si je fais bien de m'arrêter, s'il n'y a pas mieux sur la station suivante.

Le signal s'est perdu quelques secondes et les enceintes ont grésillé légèrement. J'ai dit :

— Il y a quelque chose d'apaisant là-dedans, vous ne trouvez pas ? Passer de station en station. On ne sait jamais trop ce qu'on cherche, jusqu'à ce qu'on tombe dessus. On attend qu'il se passe quelque chose. C'est comme un sixième sens. On entend une voix, une mélodie, il suffit d'une seconde, et on sait si on va s'y arrêter ou pas.

Juliet écoutait. Ou elle écoutait la musique, je ne sais pas. J'ai continué.

— Quand j'étais petit, nous avions un gros transistor dans la cuisine. Quand je n'avais rien à faire, je le prenais et j'allais sous la table. En passant sur les ondes moyennes, on pouvait capter toutes les radios étrangères. J'écoutais ça pendant des heures, en passant d'une langue à l'autre. Le mystère de la langue, l'intimité de la voix, ça me fascinait. J'écoutais sous la table et je regardais les jambes passer. Je crois bien que c'est mon tout premier souvenir. Des jambes qui passent et une voix qui parle dans une langue inconnue. Ma mère n'aimait pas tellement ça, la radio. Elle avait toujours l'impression d'entendre des choses dans la statique. Elle pensait que les ondes avaient leur vie propre. Elle avait toujours une curieuse façon de penser. Un peu craintive.

La musique est passée à un autre morceau, toujours sans paroles, plus rapide.

— Je crois que c'est la première fois que je vous entends parler autant, a dit Juliet.

J'ai tripoté un peu le bouton du volume. Elle a ajouté :

— Je ne pense pas que j'aurais aimé être animatrice radio. Je déteste entendre ma propre voix.

— Oui, nos voix nous paraissent toujours plus graves qu'en réalité. C'est parce qu'elles ne se propagent pas dans l'air, elles résonnent directement dans nos cordes vocales, dans nos os, dans notre tête. Je me suis toujours demandé quelle était la vraie version : la voix que l'on entend, nous ? Ou celle que les autres entendent ? Je la trouve très bien votre voix, moi. Pas trop aiguë, ni trop grave. Bien.

— Une fois, j'ai rencontré une femme qui avait exactement la même voix que moi. Mon sosie de voix. Le même timbre, les mêmes intonations, tout. Une très chouette fille. On a passé la soirée ensemble, on a bu beaucoup et ri beaucoup. Tard la nuit, elle a enregistré le message de mon répondeur et puis je ne l'ai jamais revue. Ça doit encore être elle qu'on entend, quand on me laisse un message.

— Je peux l'écouter ? Le message.

Elle m'a fait écouter. C'était exactement sa voix. Elle a dit :

— J'oublie toujours d'écouter les messages qu'on me laisse. Vous pensez que les gens m'imaginent comment quand ils entendent mon répondeur ?

C'était une très bonne question. Je ne me souvenais pas de la dernière fois qu'on m'avait posé une aussi bonne question. J'ai voulu fermer les yeux pour me concentrer, mais j'étais au volant alors j'ai regardé loin devant sur la route.

— Allez-y, dites quelque chose pour voir, j'ai dit.

— Bonjour, je m'appelle Juliet et je n'écoute jamais mes messages.

J'ai réfléchi.

— Alors ? elle a demandé.

— Plutôt sûre de vous. Mais sensible aussi. Comme si vous n'étiez pas du genre à tuer un insecte pour rien.

La voiture a fait un son étrange et solennel. Elle a hoqueté un peu et puis s'est arrêtée complètement. J'ai essayé de la redémarrer, mais elle a émis des petits râles plaintifs qui m'ont fait mal au cœur. Nous l'avons poussée doucement sur le bas-côté et Juliet a appelé une dépanneuse.

— Ils sont débordés. Un accident sur l'autoroute. Ils seront là dès que possible, elle a dit après avoir raccroché.

Elle s'est assise dans l'herbe bleue et je me suis assis à côté d'elle. Nous avons regardé la voiture un moment.

— Je suis sûre que ce n'est rien, elle a dit d'un ton rassurant. Les vieilles voitures, ça a des coups de mou de temps en temps. Vous l'avez depuis longtemps ?

— Oui. Elle appartenait à ma sœur Rita avant.

— Ah, c'est sentimental.

— On a tous les deux appris à conduire avec.

— Je suis sûre que ce n'est rien, elle a dit à nouveau.

— Oui. Je suis désolé, je suis sûr que vous devez avoir des choses à faire.

— Pas vraiment. Je viens de démissionner.

— Ah ? Vous faisiez quoi ?

— Je rédigeais les notices d'utilisation des médicaments. Vous savez, la petite feuille pliée au fond des boîtes. Celles qu'on ne lit jamais en entier. C'est très rigoureux comme travail. Il faut être clair, direct, laisser le moins de place possible au doute, à la nuance. Ça payait plutôt bien. Mais je ne sais pas, je n'y arrivais plus à la fin. Je crois qu'on arrive moins bien à être concis avec le temps. Les choses paraissent moins tranchées, moins simples.

Elle jouait avec un brin d'herbe, le découpait en petits tronçons et les faisait passer d'une main à l'autre comme du sable.

— Et vous savez ce que vous allez faire, maintenant ? j'ai demandé.

— Non. Mais je trouverai bien quelque chose.

Elle n'avait pas l'air inquiète, ni préoccupée. Une voiture est passée sur la route sans s'arrêter, puis une autre.

— Je crois que je vais écouter mes messages, a-t-elle dit en se levant.

Elle a sorti son téléphone et s'est mise à marcher de long en large sur le bas-côté, le téléphone collé à son oreille. Parfois, elle hochait un peu la tête de haut en bas. À un moment elle s'est immobilisée, je ne voyais pas son visage, et puis elle a continué à marcher. J'entendais des bribes de voix quand elle passait devant moi.

Elle était habillée d'une drôle de façon. Avec un long K-Way beige qui lui descendait jusqu'aux chevilles et qui lui faisait comme une cape à l'arrière et un pantalon beige en dessous. J'ai vu la dépanneuse arriver au loin.

IX

Vous êtes bien sur le répondeur de Juliet, je suis occupée pour le moment mais laissez-moi un message et je vous rappellerai. Merci.

Si vous appelez pour l'annonce, insistez.

Reçu le 22 avril à 10 h 03.

(Voix artificielle) Vous avez participé au dernier sondage du P.D.S., Programme de Décompte Standardisé. Nous avons essayé de vous joindre à plusieurs reprises concernant votre score de consommation. Veuillez nous recontacter dans les plus brefs délais.

BIP

Reçu le 16 juillet à 23 h 18.

(Musique)

BIP

Reçu le 2 août à 15 h 02

Bonjour, ici Maurice de chez Pen&Co, papeterie et ustensiles d'écriture, j'appelle à propos de l'annonce. J'ai quelque chose qui pourra sûrement vous intéresser.

BIP

Reçu le 20 septembre à 13 h 06

(Silence)

BIP

Reçu le 3 octobre à 12 h 22

Nous avons essayé de vous livrer votre colis n° 260188 mais il ne passe pas par la porte d'entrée. Veuillez nous recontacter au plus vite au 5454-5454.

BIP

Reçu le 26 novembre à 16 h 34

Nous faisons suite à votre demande de documentation concernant nos formations de taromanciers. Vous ne nous avez pas fourni d'adresse avec votre demande. Veuillez recontacter l'accueil directement pour nous fournir les informations manquantes.

BIP

Reçu le 3 décembre à 09 h 14

C'est Lenny. J'allais te proposer de petit-déjeuner ensemble. Tu dois encore dormir. Moi, je n'arrive plus à dormir tard le matin.

BIP

Reçu le 3 décembre à 09 h 14

C'est Lenny. J'allais te proposer de petit-déjeuner ensemble. Tu dois encore dormir. Moi, je n'arrive plus à dormir tard le matin.

BIP

Reçu le 3 décembre à 09 h 14

C'est Lenny. J'allais te proposer de petit-déjeuner ensemble. Tu dois encore dormir. Moi, je n'arrive plus à dormir tard le matin.

BIP

Reçu le 7 janvier à 01 h 34

(Sons indéterminés, frottements. De l'eau coule.)

BIP

X

Nous étions assis tous les trois à l'avant de la dépanneuse, serrés les uns contre les autres sans dire grand-chose. Ce n'était pas un silence pesant qu'il fallait à tout prix combler, mais un silence bien net, sans bavures, qui ne s'encombre pas. Un vent qui ne présageait rien de bon s'était levé et faisait dévier légèrement la dépanneuse de sa trajectoire.

Le type qui conduisait nous a déposés devant le garage et un autre type qui s'appelait Otto et qui avait des mains de la taille de ma tête nous a salués gentiment et s'est mis à ausculter la voiture pendant un long moment. Il avait l'air concentré et un peu inquiet. Comme s'il essayait de ne pas avoir raison à propos de quelque chose. Autour de nous, d'autres voitures à différents stades de délabrement attendaient. Toutes les couleurs semblaient s'estomper vers le brun. L'air sentait le gasoil. Dehors, un petit homme maigrelet était perché au sommet d'une échelle très haute. Il n'avait pas l'air être là dans un but précis, mais paraissait juste apprécier la vue.

Otto a fini par faire claquer le capot et il nous a dit de passer dans son bureau. Ça m'a semblé sérieux.

— C'est sérieux, il a dit l'air grave, en essuyant ses mains sur un vieux tissu.

Il a répété les mots « culasse » et « suspension » et « disques » assez de fois pour que l'inquiétude s'installe avant d'émettre son diagnostic final : « Ça va chiffrer. »

J'ai regardé la voiture de Rita garée dehors. Un peu de lumière a rebondi sur la fenêtre arrière. Elle ressemblait à toutes les autres voitures autour qui attendaient là d'être réparées ou démolies ou désossées. J'ai regardé le coin de garage où elle reposait. J'ai regardé la route plus loin qui descendait vers un lotissement bien compact de petites maisons où des repas allaient bientôt être servis, des sacs-poubelle collectés, des chiens sortis.

— Je paierai ce qu'il faut, j'ai dit.

Otto est parti du bureau un moment et il est revenu en tenant un devis bien net avec des colonnes bien droites et des nombres bien ronds.

Je lui ai dit que ça me semblait très bien et qu'il pouvait commencer les réparations dès que possible.

J'ai pris Juliet à part.

— Je n'ai pas d'argent, j'ai dit.

Elle m'a regardé d'un air contrit.

— Moi non plus, elle a dit.

Nous sommes restés là à nous regarder. Derrière nous, Otto tamponnait des choses et agrafait d'autres choses.

Au bout d'un moment, Juliet a dit :

— Je sais où on peut trouver de l'argent. J'ai un cousin qui est magicien. Il fait les anniversaires, les séminaires, etc. Il y a quelques mois, il était en train de répéter un nouveau tour et quelque chose a mal tourné et il s'est cassé toutes les dents de devant. C'est un milieu extrêmement compétitif la magie, vous savez. On ne dirait pas mais il faut se réinventer en permanence, toujours être à l'avant-garde. En tout cas, pour pouvoir se payer ses nouvelles dents, il a travaillé quelques semaines au Centre de récupération du courrier.

— Où ça ?

— Le Centre de récupération du courrier. C'est l'endroit où atterrissent les lettres et les colis égarés. Ils ont souvent besoin de main-d'œuvre supplémentaire. Il paraît que c'est plutôt bien payé. Peut-être qu'on devrait aller là-bas et voir s'ils ont besoin d'aide.

Nous avons trouvé un bus qui allait dans la direction du Centre et fait le reste du chemin à pied. Quand nous sommes arrivés, l'air pesait lourd. Des coups de tonnerre grondaient au loin. Le Centre était un formidable carré de briques rouges au style étrange. Il y avait trop de portes ou pas assez de fenêtres ou l'inverse, peut-être. Je me suis dit que ça devait être difficile à chauffer une grande chose pareille. Des banderoles écrites en rouge barraient le premier étage du bâtiment et battaient au vent. « Travail automatisé = précarité » ; « Non aux robots ! Oui au boulot ! ». L'une d'entre elles s'est décrochée brusquement de la façade et s'est envolée vers la route en se tortillant.

Une grosse goutte dodue s'est écrasée sur mon front, puis une autre et nous sommes entrés avant que l'orage n'éclate.

À l'intérieur, un grand gars nommé Gus nous a dit qu'ils avaient besoin d'aide à la section de triage. Il époussetait constamment ses épaules du bout des doigts, comme pour chasser d'invisibles petites bouloches. Il nous a accompagnés à travers les couloirs, en nous bombardant d'explications d'une voix pressée.

— Ici, nous recevons en moyenne vingt mille objets postaux par jour. Dont une centaine de colis. Tout le courrier qui ne peut pas être acheminé arrive ici. Il y a toutes sortes de raisons. Parfois, l'adresse sur l'enveloppe est effacée ou illisible. Parfois, l'adresse n'existe plus. Parfois, la personne a déménagé sans prévenir, ou est décédée sans prévenir. Une fois que le courrier a été livré ici, c'est là que vous entrez en scène. Vous ouvrez le courrier et vous examinez le contenu pour essayer de trouver où il est censé aller. Tous les documents administratifs, chèques, certificats, etc., sont renvoyés à l'expéditeur. Le courrier personnel est détruit, sauf si sa valeur est supérieure au prix du timbre ou s'il est écrit en rouge ou orange ou dans une couleur reflétant de facto son caractère urgent. Les colis non retraçables sont revendus aux enchères. Pablo vous expliquera tout ça plus en détail. C'est notre plus ancien employé, Pablo. Il vous mettra aussi à disposition le Manuel approfondi de récupération postale. C'est l'outil de référence.

Un vieil homme nous attendait devant une pièce sans fenêtres. Il sirotait quelque chose de fumant dans un gobelet en carton. À l'intérieur, plusieurs caisses de courrier s'entassaient à côté d'un grand bureau branlant. La lumière était vive mais douce.

— Voilà le poste de tri, a dit Gus. Et voilà Pablo. Il est au Centre depuis vingt-six ans. Si vous avez des questions, vous vous adressez à lui, d'accord ?

Pablo nous a salués d'un signe de tête et le grand Gus est parti, en marmonnant encore quelque chose à propos d'objets postaux et d'étiquettes et d'horaires et de tampons d'expédition.

— Bienvenue, a dit Pablo.

Il perdait ses cheveux avec un tel calme que son visage ne semblait pas encore être bien au courant. Un coup de tonnerre a résonné, mais distant, étouffé, comme si nous étions sous terre. Pablo a désigné un épais classeur bleu sur le bureau.

— Voilà le Manuel. Si vous voulez y jeter un œil.

Juliet l'a pris et l'a parcouru un moment, comme si elle feuilletait un magazine.

— Ça fait vingt-six ans que vous travaillez ici ? j'ai demandé.

— Vingt-sept, cette année, a répondu Pablo.

Juliet a levé le nez du Manuel en clignant des yeux et a demandé brusquement à Pablo :

— C'est quoi la chose la plus étrange que vous ayez trouvée dans une lettre ?

Il a réfléchi un peu.

— Une fois, j'ai trouvé une mue de serpent. Comme ça, en vrac, dans l'enveloppe. Sans note, sans explication, sans rien. Vous avez déjà vu une mue de serpent ? Ça ressemble à un morceau de papier très fragile, très délicat, un peu élastique. Mais on ne peut pas la confondre avec autre chose. On sent que c'est… vivant. Oui, j'en ai trouvé des choses.

— Et vous aimez toujours faire ça ? Après tout ce temps ?

— Je crois bien, oui. Moi, je voulais être flic. Mais les choses ne se sont pas passées comme ça. Alors ce boulot, c'est le plus proche que j'ai pu trouver.

— Comment ça ?

— Eh bien, c'est un peu comme une enquête. Il faut fouiller, chercher des indices pour trouver d'où viennent les lettres, où elles vont. Une fois, je suis tombé sur une lettre d'amour qui avait pris l'eau. Pas de nom, l'adresse effacée. Rien à se mettre sous la dent. Et vous savez, depuis tout ce temps, j'en ai vu passer des lettres d'amour : des poèmes, avec rimes, sans rimes, des collages, des chansons… Mais celle-là, je ne sais pas. Elle m'est restée dans la tête. Elle n'était pas particulièrement originale, pourtant. Ça parlait d'une promenade qu'ils avaient faite ensemble un jour. Que c'était une belle journée. Qu'il y avait eu du soleil et du vent. C'était simple et beau. Beau comme les choses banales, vous voyez ? Et il y avait une fleur dans la lettre, qui était jolie et un peu étrange. Je ne sais pas pourquoi, mais elle m'est restée dans la tête cette lettre. Je l'ai relue pendant des jours, en cherchant des indices entre les lignes. Mais rien. Finalement, j'ai essayé de trouver d'où venait la fleur. J'ai emprunté des livres à la bibliothèque, j'ai contacté des spécialistes. Et j'ai fini par trouver. Elle venait d'un arbre pas commun qui ne poussait que dans un certain coin du pays. De là, j'ai retrouvé l'adresse, puis la personne et puis j'ai renvoyé la lettre. Peut-être qu'elle l'a renvoyée à nouveau après ça, je ne sais pas.

Le classeur toujours dans les mains, Juliet a dit :

— Je croyais que vous étiez censé détruire les lettres personnelles ?

— C'est Gus qui vous a dit ça ? Je l'aime bien, Gus. C'est un bon patron. L'année dernière, quand ma femme est tombée malade, il m'a laissé emporter du travail à la maison, pour que je puisse rester avec elle. On n'a pas le droit de sortir le courrier du Centre, normalement. Mais il m'a laissé faire. Il n'était pas obligé. Non, c'est un bon patron. Gentil. Mais il ne sait pas de quoi il parle. Il ne sait pas ce que ça fait de lire le courrier des autres toute la journée. Sept heures par jour, cinq jours par semaine. Ça change tout, ça. Alors valeur du timbre ou pas, moi je les ouvre les lettres.

Il a trié quelques enveloppes avec nous pour nous montrer, et puis il est parti. Ça grondait de plus en plus fort quelque part au-dessus de nous. Nous avons continué à classer.

Dans le silence de la pièce, Juliet a dit :

— Je n'aime pas la lettre A.

— Pardon ?

— La lettre A. Je me suis toujours demandé pourquoi elle était en premier dans l'alphabet. C'est très arbitraire. Ça n'a rien de spécial un A, quand on y pense. On ne peut même pas mettre d'accent aigu dessus. Et puis, ça n'a pas d'angle droit. C'est très bancal un A, ça se casse la gueule. Alors qu'un bon E par exemple. Ça prend tous les accents un E. Et ça n'a que des angles droits, c'est bien ancré dans le sol. Et puis le e, on peut en faire un e dans l'o. C'est magnifique ça, un e dans l'o. Non, ça aurait dû être le E en premier.

— Il fallait classer par ordre alphabétique ? j'ai demandé, inquiet.

— Non, je ne crois pas. Mais c'est une gentille attention de ma part, non ?

XI

Je suis parti tôt du Centre aujourd'hui. Ils formaient une drôle de paire ces deux-là. Lui surtout. Il avait l'air un peu absent. En attente. Je ne suis pas sûr qu'ils aient bien compris ce qu'ils devaient faire. Gus est parti trop vite, comme toujours. Il n'a jamais été doué pour expliquer les choses. Mais j'avais envie de rentrer. Une fissure est apparue dans le mur de la chambre. C'est peut-être la structure de la maison qui commence à s'affaisser.

Ou alors l'humidité.

Je suis rentré à l'heure où le soleil frappe l'endroit que j'aime bien sur le figuier. Là où on voit le tronc à travers les branches.

Il y a des miettes au fond de ma poche. Un des colis que j'ai ouvert était rempli de boîtes de biscuits. L'écriture sur l'étiquette était bien propre, bien soignée. Ça ne trompe jamais. J'ai su tout de suite qu'il y avait quelque chose d'intéressant là-dedans. Et je pouvais sentir l'odeur quand je l'ai mis sous mon nez. On sent toujours la nourriture à travers les paquets, peu importe l'emballage. Et ce n'était pas des biscuits lambda. Non, quand les gens prennent la peine d'envoyer des biscuits par la poste, ce ne sont jamais les gâteaux poussiéreux dans les petits cercueils de plastique. Non, par colis on envoie ceux avec le fourrage tout choco et les noix exotiques.

Peut-être que quelqu'un attendait ces biscuits avec impatience ? Peut-être que c'était ses préférés et qu'il ne pouvait pas les trouver là où il était.

Mais je n'arrive pas à m'en vouloir, je ne sais pas pourquoi. Peut-être parce qu'ils sont déjà un peu dans les limbes, ces paquets. C'est comme s'ils n'étaient déjà plus ici, plus dans le vrai monde.

XII

J'ai posé une pile de lettres sur une autre pile de lettres quand une déflagration assourdissante a résonné dans la pièce. Toutes les lumières se sont éteintes en même temps. Ça m'a foutu une peur bleue. Nous avons attendu dans le noir qu'un autre coup de tonnerre retentisse, mais rien n'est arrivé. C'était un coup unique, tonitruant, qui se suffisait à lui-même.

J'ai essayé d'ouvrir la porte.

— Fermée.

La pièce était entièrement plongée dans le noir mais une lueur faible, tremblotante, semblait s'échapper des murs. Je distinguais à peu près la silhouette de Juliet, ses contours. Elle s'est assise par terre, contre le mur. Je me suis assis à côté d'elle. Une ligne de lumière diffuse passait sous la porte et débordait par terre.

— Quelqu'un finira bien par se souvenir qu'on est ici, a dit Juliet.

J'ai hoché la tête, mais elle ne pouvait pas me voir alors j'ai grogné un peu pour montrer que j'étais d'accord. J'ai ouvert plus grand les yeux dans l'obscurité, mais ça n'a pas changé grand-chose.

Juliet s'est mise à tâter ses poches à la recherche de quelque chose.

— Je suis sûre que je dois avoir des choses à grignoter quelque part, elle a dit.

Je l'ai entendue fourrager encore un peu dans son K-Way, et puis elle s'est arrêtée et nous sommes restés assis en silence.

— Vous aimez quoi comme en-cas, vous ? Si vous deviez toujours avoir quelque chose à manger dans votre poche ?

J'ai réfléchi. Je me suis dit qu'elle posait décidément d'excellentes questions.

— Des raisins secs, peut-être ? Une petite boîte de raisins secs.

Un silence consterné a suivi ma réponse et j'ai ressenti le besoin de me justifier :

— C'est pratique les raisins secs. C'est nourrissant, facile à transporter, pas de risque de taches. Et puis ça se garde très longtemps. J'ai un paquet dans ma voiture depuis des années et je pioche dedans de temps en temps, quand j'ai une fringale. Non, c'est un choix solide les raisins secs.

— Non, mais vous n'y êtes pas du tout. C'est très triste ce que je viens d'entendre. Un en-cas, ce n'est pas du tout ça. Un en-cas, c'est quelque chose de clandestin, quelque chose en plus. Qui existe à peine. Ça doit être imprévisible, décadent. Joyeux. Un raisin sec, ça n'a rien de joyeux.

— Et c'est quoi un en-cas joyeux ?

— Oh, la liste est infinie. Ça peut être liquide, solide, crémeux, peu importe. Tant que ça a un peu de panache. Tenez, un pamplemousse par exemple. Manger un pamplemousse sur le pouce, ça c'est beau. C'est une bravade à l'ordre établi. Il y a longtemps, je connaissais quelqu'un qui ne se déplaçait jamais sans une petite boîte de harengs fermentés. Mais il n'y a pas besoin d'être aussi extrême. Moi par exemple, j'ai toujours un berlingot de lait concentré sur moi. Je les commande en ligne par cartons entiers. Comme ça je ne suis jamais à court.

— Vous commandez des cartons de lait concentré en ligne ?

— Vous n'achetez pas en ligne, vous ? C'est très pratique. Avant, j'achetais toutes sortes de choses. Comme je ne dors pas tellement la nuit, j'achetais des choses à la place. Je traînais d'un site à l'autre, je flânais, comme on flâne dans la rue. Et j'achetais. J'étais comme en transe. Parfois, je ne m'en souvenais même plus le lendemain matin. Et je recevais quelques jours après un sac de couchage ou une perruque ou un bocal d'olives. Vous saviez qu'on pouvait acheter des insectes vivants sur Internet ? Une fois, j'ai reçu une boîte avec 1 500 coccinelles, qui grouillaient dedans comme ça. J'ai eu la peur de ma vie en ouvrant le carton. Je les ai relâchées dans un champ, pas loin d'ici.

— Je n'achète pas en ligne. Il y a trop de choix. Je ne sais jamais quoi choisir.

— Oui, je comprends. Moi-même maintenant, je me restreins au strict minimum.

— Le lait concentré ?

— Voilà.

Quelques éclats de voix étouffés ont résonné dans le lointain, puis plus rien. À côté de moi, Juliet collait et décollait machinalement le rabat d'une enveloppe qui traînait là. Ça faisait un bruit râpeux et plein de mystère. Elle m'a demandé :

— Vous avez déjà ouvert le courrier de quelqu'un ?

— Je ne pense pas.

Elle s'est remise à jouer avec l'enveloppe.

— Et vous ? j'ai demandé.

— Non, je ne crois pas. Mais par contre, je garde toutes les notes que je trouve.

— Les notes ?

— Oui, les notes, les petits mots. Quand quelqu'un laisse un mot quelque part. Parfois, j'en trouve dans la rue aussi. Je regarde toujours quand je vois un papier froissé par terre. Mais ce que je préfère, ce sont les mots qu'on trouve près des téléphones publics. Vous savez, quand les gens parlent au téléphone, ils griffonnent toujours quelque chose. Eh bien je les récupère. Je les trie, je les classe, je les date. Parfois quand ça me plaît vraiment, je les accroche chez moi.

— Mais ils ont quoi de spécial, ces mots ?

— Ils ont tous *quelque chose* de spécial. Quand on y réfléchit, c'est très intime un gribouillage, ça peut révéler le subconscient de quelqu'un. La personne fait ça comme ça, sans vraiment y penser, sans se dire que ce sera vu un jour par quelqu'un d'autre. Alors il y a toujours une petite vérité qui en sort, quelque chose qui échappe à tout contrôle. C'est fascinant, non ?

J'ai hoché la tête.

Elle a pris une inspiration comme si elle voulait ajouter quelque chose, mais elle n'a rien dit et le silence est retombé autour de nous.

— Mince, il fait vraiment noir. Vous êtes toujours là ? elle a dit pour plaisanter.

Elle m'a touché légèrement l'épaule et sa main était bien réelle et solide et un peu moite, mais ça ne m'a pas dérangé.

Un petit souvenir compact m'est revenu. Rita qui sautait d'un muret comme un moineau et atterrissait contre ma poitrine. Osseuse, ébouriffée, toute en poignets et en tibias et en lèvres sèches. « *Porte-moi sur ton dos !* » Et je la portais à travers les bois.

— Pourquoi c'est si important pour vous ? Ce formulaire. a demandé Juliet.

Je n'ai pas répondu tout de suite. Brusquement, je me suis senti très fatigué.

Elle a fait un geste de la main, comme si elle chassait une mouche de son visage, et a ajouté :

— Oh, qui sait vraiment pourquoi nous faisons les choses, de toute façon ? Je ne sais pas pourquoi, mais ça me semble important aussi.

La porte s'est ouverte brusquement. Je crois que je me suis endormi entre-temps parce que j'ai eu l'impression que du temps avait passé sans que je m'en rende compte. Comme quand on passe de l'heure d'été à l'heure d'hiver. Ou l'inverse, je ne sais jamais.

Gus se tenait dans l'encadrement de la porte, pâle, hirsute. Ses manches étaient relevées jusqu'aux coudes. Il nous a vus et une expression de soulagement est apparue sur son visage. Il a demandé d'une voix aiguë :

— Tout va bien ? Vous n'avez rien ??

Il parlait très fort, comme s'il essayait de couvrir un vacarme invisible. Ses mains tremblaient un peu. Juliet lui a dit de s'asseoir. Il s'est laissé glisser par terre contre le mur. Les yeux écarquillés, il a dit quelque chose de confus à propos de la foudre, de l'électricité, d'un incendie.

— Pfff. Tout est parti en fumée. En fumée. Pfff. Comme ça.

Il a remué ses doigts en l'air devant son visage.

Il a continué d'épiloguer d'un air halluciné sur le caractère inflammable des différentes sortes d'encre et j'ai décidé d'attendre un moment avant de demander si nous serions payés. Il a soupiré et nous a dit que personne ne serait plus payé au Centre avant un moment.

Dehors, l'air sentait le brûlé et semblait encore plein d'une effervescence invisible, comme si une agitation intense avait laissé des débris derrière elle.

Juliet s'est tournée vers moi.

— Et maintenant ?

XIII

La ligne de bus n'allait que dans un sens alors nous avons marché l'un derrière l'autre sur l'asphalte brillant. Juliet devant, moi derrière. J'avançais les yeux fixés sur ses talons. À chaque pas, ses chaussures envoyaient des petits postillons d'eau vers l'arrière. Elle a dit sans se retourner :

— Vous n'avez pas faim ? Peut-être que nous allons trouver un endroit sur le chemin. Vous n'avez pas vu quelque chose à l'aller ?

— Non, je ne crois pas. Enfin, je n'ai pas fait attention.

Elle a fait un *tsssk* impatient et a dit d'un ton tranchant :

— Vous ne faites pas attention à grand-chose vous, si ?

J'ai levé les yeux de ses talons vers sa nuque. Elle a tourné son visage vers moi et a dit :

— Pardon. Je m'énerve quand j'ai faim.

— Ce n'est pas grave.

— C'est un mécanisme de survie, vous savez ? S'énerver quand on a faim.

— Ah ?

— Oui, regardez dans la nature, si une espèce laissait gentiment son casse-croûte aux autres sans s'échauffer un peu, elle ne ferait pas long feu. Il y a plein de choses comme ça. Des réflexes ancestraux qu'on a gardés jusqu'à aujourd'hui. Alors que ça ne sert plus à rien. C'est comme les gens qui tombent dans les pommes à la vue du sang. Eh bien, c'est parce qu'à la préhistoire ça leur permettait de survivre aux blessures. Une fois dans les vapes, le rythme cardiaque devient plus régulier. C'est étrange de se dire qu'on a une mémoire cachée comme ça. Une mémoire du corps, des muscles. Un peu comme quand on ne peut pas se souvenir d'un code et qu'il suffit de mettre ses doigts sur le clavier et ça revient tout seul. Vous voyez ? C'est la mémoire du corps, ça aussi.

Je me suis demandé d'où elle tirait tout ça.

La ligne blanche de la route était parfaitement nette. Sans aucune bavure. J'avais vu une fois l'outil qu'on utilise pour tracer ces lignes. C'était comme un petit chariot monté sur quatre roues avec un pinceau qui dépasse en dessous. Je n'arrivais pas à me décider entre marcher à gauche ou à droite de la ligne, alors je me suis décalé sur le bas-côté et j'ai marché sur l'herbe.

J'ai dit à Juliet :

— Je me souviens très bien du meilleur repas que j'aie jamais mangé.

— Ah oui ?

Elle s'est retournée complètement et s'est mise à marcher à reculons pour me faire face. J'ai continué :

— J'avais dix-huit ans. Je travaillais comme couvreur pour me faire de l'argent. Réparer les trous dans les toits, remplacer les vieilles tuiles, ce genre de choses. Je n'ai jamais eu peur du vide, alors ça ne me dérangeait pas d'être perché là-haut. C'était un été chaud. Pas un souffle d'air. Le genre de chaleur où on ne sait pas où finit son corps et où commence l'extérieur. Je travaillais sur un chantier, dans une de ces maisons modernes, entièrement blanche. Un grand carré debout au milieu d'une plaine caillouteuse, avec des poulets qui se promenaient toujours partout autour en liberté. Une femme habitait là. Pendant la journée, elle venait de temps en temps nous voir, elle nous demandait si on voulait quelque chose à boire ou si on n'avait pas trop chaud. De là-haut, je voyais juste le haut de sa tête et ses cheveux blonds. Je me souviens m'être dit que je n'avais jamais vu une couleur comme ça. C'était un faux blond, mais qui ne s'en cachait pas, qui n'essayait pas d'être autre chose. C'était dense, avec des ombres, des nuances, des reflets. On voyait qu'il y avait eu de la réflexion sur ce blond-là, des enjeux, un conciliabule. Des gens avaient voté, comparé, débattu. Je me suis demandé combien de tuiles il aurait fallu remplacer pour se payer une couleur pareille. Je ne me souviens plus exactement de son visage. Pas en détail en tout cas. Mais les yeux, je m'en souviens. Des yeux sombres, à vous faire des trous dans la texture des choses.

Je partais souvent en dernier à la fin de la journée, je ne sais pas pourquoi. J'aimais bien être perché là-haut, je crois. Ou peut-être que je ne savais pas bien où aller d'autre. Un soir, elle est venue me voir et elle m'a demandé si elle pouvait me faire à dîner. Alors je l'ai suivi dans la maison. Je me souviens que devant la porte d'entrée, une lumière s'est allumée automatiquement et elle s'est caché brusquement les yeux. « Je ne supporte pas les ampoules nues. » Ça avait l'air de beaucoup la heurter cette lumière crue et blanche qui rebondissait sur les murs. Elle m'a dit qu'elle s'appelait Suzie, je ne sais pas si c'était son vrai nom. Nous sommes entrés chez elle et elle m'a demandé de l'aider à préparer le dîner. Elle a commencé à me parler des différentes sortes de légumes et de l'importance de toujours les utiliser dans leur totalité, racines, feuilles, tiges. D'habitude, je n'aime pas tellement quand les gens parlent de nourriture, ça me coupe l'appétit, mais là ça ne me dérangeait pas.

— Vous cuisinez, vous ? m'a demandé Juliet.

Elle avait ralenti et elle marchait à côté de moi, maintenant. Nous avancions à la même allure et nos épaules ne s'entrechoquaient pas.

— Non, pas vraiment. Enfin, je fais des soupes. J'adore ça, les soupes. C'est sans fin une bonne soupe. Une carotte de plus, une patate de moins et ça devient quelque chose d'autre. Il suffit de changer les quantités et ça se transforme complètement. J'aime bien ça. Parfois, je ne la mixe pas. Je laisse juste les morceaux flotter dans l'eau et je la mange comme ça.

— Elle vous avait fait une soupe, cette dame ?

— Non. Je lui ai parlé des poulets dehors et je lui ai demandé si c'était ce qu'elle allait cuisiner pour le dîner. Elle a pris un air très grave et elle m'a dit qu'elle ne mangeait plus de poulet. Mais qu'elle adorait ça avant. Elle en mangeait deux, trois fois par semaine. Frit, rôti, en brochettes, au four. Elle savait tout faire. Elle disait qu'elle pouvait savoir si un poulet était cuit juste en écoutant le bruit de la graisse qui crépite. Que ça faisait un son très particulier, un poulet bien cuit. Elle aimait tellement ça qu'elle avait fini par faire installer un poulailler. Pour avoir de la viande fraîche toute l'année. Un fermier du coin venait une fois par an et il les tuait et les dépeçait pour elle. Après ça, elle congelait tout, elle rachetait des poussins et elle recommençait l'année suivante. Mais un jour, les poulets ont commencé à entrer dans la maison. Elle les retrouvait installés sur le canapé ou perchés sur le frigo. Ça ne la dérangeait pas trop au début. Mais évidemment, elle a fini par s'attacher. « Vous savez ce que ça fait ? De faire griller du poulet pendant qu'un autre poulet vous regarde ? » Quand elle m'a dit ça, elle m'a regardé droit dans les yeux.

Nous avons continué à préparer le repas. À un moment, en passant derrière moi, elle s'est penchée vers ma nuque et a respiré profondément. Elle n'a pas essayé de faire ça à mon insu, mais plutôt délibérément, avec calme, concentration. Et puis elle a posé la main sur mon épaule et elle s'est éloignée.

Je l'ai aidée à mettre la table. Elle avait une façon particulière de toucher les choses. Du bout des doigts, comme si elle ne les touchait pas vraiment. J'ai essayé de l'imaginer avec un amant. Ou avec des frères, des sœurs, des parents. Mais je n'y arrivais pas. Comme si elle n'existait que par elle-même, seule, unique, née de son propre chef.

En entrée, elle avait fait une salade d'endive avec de la crème et de l'aneth, puis des crevettes et du vin blanc puis du saumon avec du citron et du gros sel et du beurre et des pommes de terre bouillies à l'ail, puis un jambon à l'os et du sarrasin grillé qu'elle appelait « kasha » et du vin rouge et du pain fariné. Et puis un alcool amer dans un minuscule verre à pied.

XIV

— Pas d'argent, pas de voiture, a dit Otto quand nous sommes revenus au garage.

J'ai supplié un peu, pour la forme. Ça ne m'a jamais dérangé de supplier. Certaines personnes ont le tempérament pour.

Otto n'a pas attendu que je termine mon explication et il a fait signe au client suivant de s'avancer.

— Pas d'argent, pas de voiture, il a répété dans sa barbe.

Juliet a tâté ses poches par principe. Comme si elle allait y trouver une liasse de billets ou un ticket gagnant.

— Excusez-moi ?

Une femme qui attendait dans le garage s'est approchée de nous.

— Je n'ai pas pu m'empêcher d'entendre. Je pense que je peux vous aider.

Elle s'est tournée vers Juliet.

— Je suis sculptrice. Je voudrais sculpter votre tête.

Elle donnait envie de parler à voix basse, comme quand on entre dans une église. Elle a ajouté :

— Si vous acceptez, je paierai ce qu'il faut pour votre voiture.

Juliet a répondu immédiatement :

— C'est d'accord.

Nous l'avons suivie jusqu'à sa voiture. Il lui manquait une jambe, je n'avais pas remarqué avant. Mais il ne semblait y avoir aucune gêne dans sa démarche, aucune entrave. Elle était même plutôt gracieuse. J'ai laissé Juliet devant et je me suis assis à l'arrière. Le paysage a défilé derrière la vitre. La femme s'appelait Claudine. De ma place, je l'ai regardée parler avec Juliet. Elle avait un profil beau et terrible, comme une falaise. Un insecte était pris au piège à l'intérieur de la voiture. J'ai ouvert le haut de la fenêtre et il a disparu dehors.

Devant chez Claudine, une balançoire rouillait doucement dans l'herbe. Elle nous a offert à boire et elle a dit à Juliet de s'asseoir sur un tabouret près de la fenêtre. Elle s'est assise en face. Une grosse motte d'argile était posée entre elles.

— Nom d'un chien ! Qu'est-ce que Simon a fait de… ?

Elle a farfouillé autour d'elle, à la recherche de quelque chose. Elle a fini par brandir un outil avec une petite boucle en fer au bout.

— Bon, je me débrouillerai avec ça. Maintenant, regardez-moi. Respirez, ne bougez pas trop. Mais respirez bien profondément. Vous êtes bien installée ?

Juliet s'est tortillée un peu sur son tabouret et a acquiescé.

Claudine a attaqué l'argile par petits coups, doucement, en jetant parfois des coups d'œil à son modèle. Elle souriait à Juliet. Juliet lui souriait. Elles parlaient un peu, de temps en temps, quand elles avaient quelque chose à dire. Un petit fluide passait entre elles, une gentille rigole de compréhension qui allait de l'une à l'autre. Elles avaient l'air heureuses de faire partie de la même espèce, d'être femmes toutes les deux ensemble à ce moment-là.

Je suis sorti de la pièce.

Quelque part dans la maison, une machine à laver tournait. Un bouton ou une fermeture Éclair tapait à intervalles réguliers contre l'intérieur du tambour.

Je suis entré dans une pièce au hasard.

Le lit était défait. Des vêtements en désordre s'emmêlaient sur les draps et une des fenêtres était restée ouverte. Un livre était posé à l'envers sur la table de chevet ; j'ai lu la première page et j'ai essayé d'imaginer ce que Claudine avait pu penser en la lisant. Une page était cornée à un endroit, mais je n'ai pas réussi à savoir ce qui avait retenu son attention.

De temps en temps, les voix des deux femmes me parvenaient, étouffées par la distance. J'ai eu envie de rester dans cette chambre pour toujours, à écouter le chuchotement lointain de leurs voix. Dehors, une branche frappait en rythme contre le volet.

Je suis allé m'asseoir devant la coiffeuse. En face de moi, le miroir reflétait une silhouette aux contours flous, qui aurait pu être n'importe qui. J'ai reniflé quelques flacons. Ça sentait l'endroit un peu creux derrière la nuque. Ou la peau, la nuit. Un des tiroirs était entrouvert. J'ai essayé de regarder à l'intérieur sans l'ouvrir, mais il était plein d'ombre. J'ai pensé à tous les endroits pleins d'ombre. Derrière les portes, au fond des placards, des valises, des tiroirs. Sous les arbres, derrière les genoux.

Un tube de rouge à lèvres dépassait d'une trousse au contenu éventré. Le cylindre brillant était lisse sous mes doigts et le socle doré a fait un petit *clic* agréable en s'ouvrant. *Clic clic clic.* Le bâton était rouge foncé et usé à l'horizontale. J'ai essayé de me souvenir si Claudine portait du rouge à lèvres tout à l'heure.

Un instant, quelque chose de vague mais d'important m'est apparu à propos des femmes, mais l'idée m'a échappé.

J'ai approché le rouge à lèvres de mon visage et j'en ai mis un peu. Pour voir. Pour faire un geste nouveau. Ça ne m'allait pas mal, je crois.

Une chambre d'enfant faisait face à celle de Claudine. Les murs et le sol étaient entièrement verts et une petite tente en toile était montée dans un angle. Les piquets s'enfonçaient profondément dans la moquette. En face de l'ouverture de la tente, les restes d'un feu de camp s'éparpillaient par terre.

Ici aussi, la fenêtre était ouverte. Il pleuvait à nouveau dehors. Est-ce qu'il pleuvait depuis longtemps ? Je ne me souviens plus.

En revenant, j'ai vérifié le radiateur du couloir. Thermostat 3.

Dans le salon, la motte d'argile avait pris quelques traits de Juliet. Des morceaux de glaise bruns jonchaient le sol.

La porte d'entrée s'est ouverte brusquement et un garçonnet est entré dans la maison. Il tirait derrière lui un cartable dans lequel il aurait pu tenir tout entier. Ses joues étaient rouges, ses poings serrés. Il a planté ses petites guiboles maigres dans le sol en face de nous. Il ne nous a pas adressé un regard et a fixé Claudine intensément. Il avait l'air prêt pour quelque chose d'important, comme s'il s'était préparé à ce moment depuis longtemps. Claudine a essuyé calmement son outil avec un torchon. Elle semblait prête elle aussi. Il a dit dans un souffle, mais à haute et intelligible voix :

— J'irai plus.

— Oh si, a répondu Claudine.

Toute la belle composition du petit s'est fissurée et un flot de paroles confuses s'est déversé, à propos d'autres enfants, de sable, d'une collection de cartes, d'une personne nommée Karl, d'un défi, de manger des insectes et encore d'autres choses balbutiantes et capitales. Il était essoufflé maintenant, les joues en feu il a regardé Claudine bien en face et il a répété, un peu plus bas cette fois :

— J'irai plus.

Elle l'a observé d'air tranquille et puis elle a souri un peu. D'un sourire doux et inébranlable et qui ne laissait aucun doute. J'ai compris que si, il irait. Et il a dû comprendre aussi parce qu'il a poussé un grognement terrible, il a basculé son énorme barda pardessus son épaule et il a disparu dans le couloir.

Claudine s'est tournée vers moi.

— Juliet m'a dit. Pour ce que vous cherchez.

Ça a flotté un peu dans mon esprit. Je me suis demandé s'il pleuvait toujours. Elle a repris :

— Il y a cette imprimerie juste à l'extérieur de la ville. Sur les collines au-dessus de la mer. Ils impriment toutes sortes de choses là-bas. Ils pourront vous aiguiller. Comme ça vous allez directement à la source.

Elle est sortie un moment de la pièce. En revenant, elle a tendu quelques billets à Juliet avec un papier plié en deux.

Un bruit de vaisselle cassée a retenti quelque part dans la maison.

XV

Nous nous sommes arrêtés à une station-service pour prendre de l'essence. La voiture ronronnait à nouveau comme un gros matou.

J'ai toujours bien aimé les stations-service. J'ai lu une fois que les gens n'y restaient jamais plus de dix minutes. Alors je restais toujours un peu plus. Pour voir s'il se passait quelque chose d'intéressant. Rita attendait toujours le tout dernier moment pour faire le plein. C'était comme un jeu. Il fallait que l'aiguille descende le plus bas possible avant qu'on puisse s'arrêter.

Un vieux pompiste était assis sur une chaise pliante entre les pompes à essence. Il portait une chemisette blanche et un pantalon trop court. Toute la surface visible de sa peau était recouverte de tatouages. Des formes noires et pleines qui remontaient le long de ses jambes et de ses bras jusque dans son cou.

— Sacrés tatouages, j'ai dit.

— Je déteste les tatouages, il a répondu.

Il a actionné la pompe et j'ai entendu l'essence se déverser dans le réservoir.

L'odeur âcre du gasoil m'a chatouillé les narines. Ça m'a rappelé un départ en vacances. Ou juste un départ, peut-être.

Juliet est descendue de la voiture et nous avons traversé le parking jusqu'à la boutique. Sur le chemin, un homme aux yeux gonflés de sommeil est sorti d'un camion et s'est étiré comme s'il s'éveillait d'une longue nuit.

En entrant, je me suis pris dans le visage le courant d'air chaud qui souffle parfois au seuil des magasins. Ça m'a dégoûté, cet air chaud et moite qui venait d'on ne sait où.

Il n'y avait presque rien dans les rayons. Sur les étagères, tous les produits étaient conditionnés dans des emballages blancs avec le nom écrit en grosses lettres noires. J'ai regardé un peu bêtement un bocal devant moi étiqueté CORNICHONS. À côté des cornichons, il restait quelques sandwichs triangles emprisonnés derrière leurs petites fenêtres de plastique embuées.

J'en ai pris deux et je suis allé payer.

À côté de la caisse, une partie des rayonnages était complètement saccagée. Un ruban de balisage rouge et blanc délimitait la zone sinistrée. En passant devant, des bouts de verre ont crissé sous mes chaussures.

Derrière le comptoir, un employé lisait un magazine de petites annonces d'un air absorbé. Il n'a pas levé la tête quand nous sommes arrivés. Sur un présentoir en métal, des dizaines de prospectus recommandaient des attractions locales. Il y avait visiblement une quantité épatante de parcs aquatiques et de cavernes souterraines à visiter dans les environs. Des superlatifs avantageux étaient écrits dans de grandes bulles de couleur. « Le plus long toboggan du pays ! », « La caverne la plus ancienne de la région ! ». J'ai pris une brochure au hasard.

GROTTE DES JUMEAUX

PLONGEZ AU CŒUR DE LA PLUS PROFONDE GROTTE DU PAYS ET DÉCOUVREZ LES MERVEILLES DE DEUX LACS SOUTERRAINS.
Baignades nocturnes déconseillées – Site sous surveillance – Climatisation et musique d'ambiance – Stand snack & boissons – Escalator – Barques tout confort – Pack familial sur demande

L'employé a replié son journal. Il avait une petite étiquette avec son prénom épinglée sur le torse. On pouvait lire Al mais la fin était effacée. J'ai essayé de deviner s'il avait plutôt une tête à s'appeler Albert ou

Alain. Ou peut-être quelque chose de plus original. Alonzo ou Alcide. J'ai posé les sandwichs devant lui. Il a dit :

— Je n'achèterais pas ceux-là si j'étais vous.

— Ah ?

— Ils sont fabriqués par la compagnie pétrolière. Dans la même usine que l'essence. Ils les placent dans toutes leurs stations-service. Oh, ce n'est pas vraiment mauvais, juste un drôle d'arrière-goût. Et pendant un moment, on voit tout d'une teinte légèrement plus orange. Mais si vous avez vraiment faim, ça remplit l'estomac, je suppose. Je vous les passe quand même ?

J'ai regardé Juliet. Elle a hoché la tête de gauche à droite.

— Je déteste le orange, elle a dit.

Al les a rangés derrière le comptoir.

— Le plein sur la pompe n° 3, j'ai dit.

Il a pianoté sur son clavier.

— Vous allez où comme ça ?

Il avait un accent indéfinissable et un visage un peu étrange, concave.

— Une imprimerie dans le coin, j'ai répondu.

— Oui, je connais. Drôle d'endroit, si vous voulez mon avis.

Il a haussé les épaules.

Sur le mur derrière lui, un grand panneau indiquait *Musée des Petites Choses – Entrée sur le parking.*

— C'est quoi le musée des Petites Choses ? a demandé Juliet.

Il a souri.

— C'est mon musée.

— Votre musée ?

— Oui, c'est moi qui l'ai créé.

— Et il y a quoi dedans ?

— Je préfère laisser les visiteurs découvrir par eux-mêmes. Deux tickets ?

L'entrée du musée se trouvait à l'arrière de la station-service. Une simple porte qui donnait sur une grande pièce sombre. Des vitrines d'exposition éclairées bordaient les murs et venaient se rencontrer au centre de la salle. L'endroit faisait penser à un supermarché délirant. Dans les vitrines, des centaines d'objets étaient exposés avec soin, regroupés avec minutie par thème, par année, par couleur, par matière. Des objets anodins, banals, d'anciens emballages de produits alimentaires, des jouets pour enfants obsolètes, des cadeaux publicitaires, des figurines. Tout semblait vaguement familier. Comme un souvenir à moitié oublié. Nos pas ont fait doucement écho sur le sol en béton.

La porte s'est ouverte et Al est entré derrière nous, un peu essoufflé. Il était habillé différemment, avec un veston et une chemise froissée.

— Bienvenue ! a-t-il dit d'un air exalté. Bienvenue au MPC. Si vous avez des questions, n'hésitez pas.

Juliet s'est éloignée pour regarder les vitrines.

— Un musée dans une station-service ? j'ai dit.

— Ça faisait des décennies que j'avais cette idée en tête. Créer mon propre musée. Alors quand j'ai commencé à travailler ici à l'époque et que j'ai vu cette pièce qui ne servait à rien, je me suis dit ça y est. C'est ça. Et puis, la station est orientée plein nord. Alors je n'ai pas hésité. J'ai passé un marché avec la compagnie pétrolière et ils ont bien voulu me céder l'utilisation du local.

— Un marché ?

— Disons que je ne vais pas prendre ma retraite de sitôt.

— Et comment vous avez eu cette idée ?

— J'en rêve depuis toujours. D'aussi loin que je me souvienne. Un musée idéal, ouvert à tous. Ou chacun pourrait se retrouver nez à nez avec sa propre histoire, ses propres souvenirs. À travers des objets. Et puis j'ai toujours fait ça, depuis que je suis petit, ramasser, collecter tout ce qui me tombait sous la main, les petits objets de tous les jours. Il y a de la poésie dans tout ça.

— La poésie, ce n'est pas vraiment mon truc.

— C'est notre truc à tous, la poésie. Qu'on s'en rende compte ou pas. Elle est partout la poésie. Dans un tas de briques. Dans un lacet défait, un tiroir coincé. Elle est partout, c'est ça qui est inouï.

J'ai hoché la tête. J'aimais bien écouter son accent. Il avait un bout de dent cassée sur le devant et quand il parlait, il passait sa langue dessus très vite, comme un lézard qui attrape une mouche. Il m'a fait signe de le suivre et nous avons marché lentement le long des vitrines. Il a continué :

— Et puis l'art, le « vrai » art, c'est terriblement intimidant. L'important c'est de ressentir quelque chose. Alors mon art, l'art des petites choses, je trouve ça bien plus intéressant, plus émouvant. Mais allez-y, furetez par vous-même. Tenez, regardez. La plaquette de Galak de 82 là-bas. Celle avec le dauphin. Regardez bien, c'est l'une des dernières restantes de tout le pays.

Il m'a laissé là et il est parti commenter à Juliet la collection de cartes Panini qui prenait à elle seule la quasi-totalité d'une vitrine.

J'ai flâné un peu dans les allées. Dans un coin à l'écart, une vitrine plus petite que les autres n'était pas éclairée. On ne voyait pas bien à l'intérieur. J'ai eu l'impression qu'elle était remplie d'une eau un peu rose et épaisse. Une plaque en métal de petite taille était collée à la vitre : « Ne pas boire, sauf cas d'extrême urgence. »

Plus loin, je me suis arrêté un moment devant d'anciens tableaux d'affichage d'horaires de marées. D'un coup, ça m'a rappelé quelque chose. Ça m'est venu brusquement et j'ai senti qu'il fallait que je m'en souvienne parfaitement avant de poursuivre. J'ai fermé les yeux. Rita, immobile sur le sable en plein soleil pendant des heures. Parfois, quand je sortais de l'eau à côté d'elle, elle cherchait mon bras à tâtons et essuyait ma peau humide et puis elle se touchait le visage pour se rafraîchir..

Juliet discutait avec Al près de la section des animaux empaillés. Je leur ai fait signe de loin et je suis sorti. Sur le parking, la lumière de l'extérieur m'a ébloui. J'ai cligné des yeux. Comme Juliet faisait.

Trois enfants jouaient en criant entre les voitures garées. L'un d'entre eux était déguisé en pirate, mais pas les autres. Je me suis demandé lequel des trois allait devoir s'asseoir au milieu. Le pirate peut-être.

Je suis resté un moment à regarder les gens entrer et sortir de la station-service. J'ai toujours bien aimé les stations-service.

XVI

Le vieux pompiste tatoué prenait sa pause un peu plus loin, adossé au mur. Il mâchouillait un bout de sandwich sans trop y croire. Quand je me suis approché, il a désigné l'entrée du musée d'un mouvement de tête.

— Alors, ça vous a plu ? Sacré boxon, hein ?

— Sacré boxon, j'ai répété.

— Et il n'a pas fini, Al. Il veut ouvrir un nouvel espace maintenant. Quelque chose en rapport avec les odeurs. Les odeurs du passé ou les odeurs oubliées. Je n'ai pas tout pigé. Il devait parler avec la Sneuf pour récupérer encore un autre bout de terrain derrière la station.

— La Sneuf ?

Il a tapé du plat de la main sur le mur derrière lui.

— La compagnie pétrolière à qui ça appartient tout ça. La Sneuf. Vous ne connaissez pas la Sneuf ?

— Je ne suis pas d'ici.

— Mmmh. Je lui ai dit à Al. Je lui ai dit de ne plus faire affaire avec eux. Mais c'est plus fort que lui.

— Comment ça ?

Il a farfouillé avec son ongle entre ses molaires.

— C'est grâce à eux qu'il a pu ouvrir le musée.

— Ah ?

— Un drôle de deal. Il n'a jamais trop voulu en parler. Mais moi je sais qu'il y a un truc pas net là-dessous. C'est un bon gars, Al, mais pas doué en affaires. Et c'est très bien comme ça d'ailleurs. Certaines personnes, leur esprit est fait pour autre chose. Ça passe par d'autres chemins dans leur tête. Et ça ils l'ont bien compris à la Sneuf. Alors ils lui ont d'abord cédé le local. Mais ça ne s'improvise pas, un musée. Il a bien fallu faire des travaux là-dedans. Et puis, Al il avait tout en tête. Il savait exactement ce qu'il voulait. Alors il a refait appel à eux. Un simple prêt, il disait. Il me les a montrés une fois, les contrats. Ça avait l'air plutôt sérieux. Mais il y avait des clauses bizarres, vous savez celles écrites en petit, en bas. Non, il y a un truc pas clair là-dessous. Mais il ne veut rien entendre. Qu'est-ce que vous voulez.

Il a haussé les épaules. Ça a fait plisser la peau fripée, noire d'encre, à la base de son cou.

— Vous avez l'air de bien le connaître.

— Al ? Je l'ai connu quand j'étais routier. Je m'arrêtais souvent ici. Pour faire le plein ou pour faire une pause. Passer la nuit. J'allais le voir derrière le comptoir, on discutait. Déjà à l'époque, il avait tout ça en tête. Le musée. C'est lui qui m'a trouvé ce job, quand j'ai arrêté de conduire. À cause de mes yeux.

Il a pointé de l'index son œil droit. La pulpe de son doigt touchait presque le globe humide. J'ai tourné un peu le regard, je n'aimais pas voir ce doigt si proche de l'œil comme ça. Il y avait quelque chose d'indécent là-dedans. Il a continué :

— J'ai un truc, là. Un point. Un point noir qui ne bouge pas. C'est apparu un jour et ce n'est jamais reparti. Alors ils ont dû m'arrêter. Trop dangereux, ils ont dit. Alors que je l'aurais conduit les yeux fermés leur bahut, ils n'auraient pas vu la différence.

— Ça faisait longtemps que vous étiez sur la route ?

— J'ai toujours fait ça. Je ne sais rien faire d'autre.

Il a fait passer son poids d'un pied sur l'autre et il a continué.

— J'avais quatorze ans, la première fois que j'ai traversé le pays. Je suis parti de chez moi avec la voiture de mes parents et je suis allé d'une côte à l'autre. Ça m'a pris trois semaines. Ils ont envoyé la police. Tout le monde me cherchait. Ils pensaient que j'étais mort. Mais j'avais juste décidé de vivre ma vie comme je l'entendais. Au retour, j'ai voulu rapporter une étoile de mer que j'avais trouvée sur la plage. Mais au milieu du trajet, ça s'est mis à sentir tellement mauvais que j'ai abandonné la voiture sur le bord de la route et j'ai continué à pied. C'est comme ça qu'ils m'ont retrouvé. Bête, hein ? J'ai eu droit à une sacrée dérouillée. Mais je m'en foutais. Je savais déjà à l'époque que je ne pouvais pas rester au même endroit trop longtemps. Que je ne voulais pas de maison, de famille, d'enfants. C'était pas pour moi tout ça.

Il regardait dans le vide maintenant, les yeux fixés sur quelque chose loin devant. Il a continué :

— On se sent bien sur la route. Pas de patron, pas d'ordres. Personne pour vous déranger. Tu conduis et c'est tout. Tout peut arriver sur la route. C'est un drôle d'endroit. Tu ne sais jamais sur quoi tu vas tomber. C'est ça que j'aimais. Je suis sûr que tu aimes conduire, toi. Je le sens. Non ?

— Oui, j'aime bien. Mais je ne conduis pas bien, je crois. J'ai un très mauvais sens de l'orientation.

— Ça n'a rien à voir ça.

Il a remonté ses manches jusqu'aux coudes. Ses bras étaient entièrement recouverts de formes compliquées, mêlées les unes aux autres, superposées. J'ai demandé :

— C'est là que vous vous êtes mis aux tatouages ? Quand vous avez arrêté de conduire ?

— On peut dire ça, oui.

Il n'a plus rien dit pendant un long moment après ça. Il continuait de mâchonner son bout de sandwich. J'ai hésité à aller voir ce que Juliet faisait à l'intérieur, mais il s'est remis à parler.

— J'ai eu un fils. Il y a longtemps. Je m'en foutais à l'époque. Je n'en voulais pas. J'étais jeune, j'avais des choses plus intéressantes à faire. Je n'y ai jamais vraiment repensé toutes ces années. Où de temps en temps, comme ça en passant. C'est fou comme le temps file quand on évite de penser à certaines choses. Mais quand j'ai fini par arrêter de rouler, ça a été une autre histoire. C'est ça le problème quand on reste immobile trop longtemps, on se met à penser aux choses. Celles qu'on pensait oubliées. Je ne sais pas exactement quand ça a commencé à me travailler, mais je me suis mis à me poser des questions. Des questions bêtes. Est-ce qu'il était gaucher ou droitier ? Comment il prenait son café. Est-ce qu'il aimait nager ? Ça a duré des années. Je les écrivais parfois sur un papier. Je ne sais pas où ils sont tous ces papiers. Et puis un jour, j'ai décidé d'en avoir le cœur net. Juste pour voir. Pour me faire une idée. Me débarrasser de quelques questions.

— Vous avez pu le retrouver ?

— Oh oui, facilement. Tu sais, je connais des gens partout. C'était facile. Il était toujours dans le même coin. Là où j'ai connu sa mère. Vers les montagnes. Il a un atelier là-bas. Au milieu de nulle part. Il tatoue les gens.

— Il tatoue les gens ?

— Oui. Dans ce bled paumé. Va savoir pourquoi. Enfin, au moins il est libre. Il fait ce qu'il veut. Ça se respecte, ça. Ça demande du cran, de faire exactement ce qu'on veut. Mais forcément dans un coin pareil, ça ne tourne pas son affaire. Quand j'ai vu l'endroit la première fois, déjà de l'extérieur, tu pouvais voir que ça ne marchait pas fort. Il y a certaines vitrines, tu sais tout de suite que ça ne se bouscule pas au portillon. Et je la connais bien, la vitrine. Je peux te dire que j'y suis resté longtemps devant, à me demander si je devais entrer. Trente ans, ça fait long pour oser entrer tout de suite. Mais j'ai fini par y aller. La vitrine un peu patraque comme ça, ça m'a donné du courage, je crois.

— Et alors ?

— Et alors, rien à voir avec moi. Il lui ressemblait à elle. À Marlène. Évidemment, il lui ressemblait. La même nuque fine. Le même air, tout. C'était quelque chose, Marlène. Elle était danseuse. Elle avait des pieds comme deux petites créatures à part entière, magnifiques, terribles. C'était quelque chose, Marlène. Et puis fière, aussi.

Il a soupiré comme s'il se rappelait quelque chose d'important.

— Et alors ?

— Alors j'ai su tout de suite. Dès que je suis entré. Que je me dégonflerais. Que je ne dirais rien. J'ai bredouillé deux trois trucs, je ne sais même plus quoi, et je suis ressorti le plus vite possible.

— Ah.

— Mais je suis revenu plusieurs fois après ça. Au bout d'un moment, il a fini par m'avouer que ça ne tournait pas fort son bazar. Qu'il allait devoir fermer. Il a dit ça simplement, sans se plaindre. Alors j'ai commencé à me renseigner. L'encre, les ombrées, le remplissage, tout ça. Tout ce qui coûte un max. Et je lui ai dit de me faire ça. Il n'a pas posé de questions, il a fait ce que je lui demandais. C'est pas un bavard de toute façon. Mais ça ne me déplaît pas. Parfois il me disait que ça serait moins cher de faire comme ça ou comme ça, mais il n'insistait pas trop. Une fois, il m'a montré son tatouage préféré. Sur les côtes, il a un carré avec un triangle posé dessus, comme une petite maison d'enfant. Quand je lui ai demandé ce que c'était, il m'a dit : « J'ai une maison sur la côte. » Marrant, non ?

Il a ri doucement et a dit :

— On dirait pas tout de suite, mais c'est un marrant.

Il a reboutonné l'extrémité de ses manches.

— J'ai fait les bras en premier. Et puis les jambes. J'en suis au dos maintenant.

Il a grimacé en se tournant.

— Ça fait un mal de chien. Et il y a des cloques. C'est nouveau ça, les cloques. Nino dit que c'est la peau quand ça vieillit. Ça devient moins solide, friable.

Je n'ai rien osé dire, parce qu'il n'y avait pas grand-chose à dire, et au bout d'un moment il a ajouté :

— Je ne sais pas trop pourquoi je vous ai raconté tout ça, tiens. C'est votre façon d'écouter aussi. Vous écoutez d'une façon qui donne envie de causer.

J'ai demandé :

— Et finalement, il est droitier ou gaucher ?

Il a réfléchi un long moment.

— Tu sais quoi ? J'ai oublié de regarder.

— Et vous n'allez pas lui dire ? Qui vous êtes ?

Il a regardé ses bras et ses mains et puis il a dit, comme pour lui-même :

— Quand je n'aurai plus de place, il faudra bien. Quand je n'aurai plus de place…

La porte du musée s'est ouverte derrière moi. J'ai entendu Juliet dire d'une voix exaltée :

— C'est incroyable votre musée, Alphonse.

Le pompiste a décollé son dos du mur en grimaçant à nouveau, il a fait une petite tape sur l'épaule d'Al en passant, m'a adressé un dernier sourire et s'est éloigné vers les pompes à essence de l'autre côté du parking. Je l'ai regardé partir et puis je me suis tourné vers Al.

— Vous ne connaissez pas un endroit pour manger un morceau dans le coin ?

Il a sorti un prospectus et nous a conseillé un endroit qu'il connaissait.

— Vous ne pouvez pas le louper.

Il nous a salués et il est retourné d'un pas lent vers la station-service.

Juliet a jeté un dernier coup d'œil vers le musée.

— Lenny aurait adoré ici, elle a dit.

XVII

Une petite cloche a tinté au-dessus de la porte quand nous sommes entrés, mais personne n'a trop bronché.

Des chaises raclaient le sol. Des assiettes s'entrechoquaient. L'air sentait le beurre chaud.

L'endroit ne proposait à la carte que des petits déjeuners. Ça tombe bien, j'ai toujours préféré le petit déjeuner aux autres repas. On fait ce qu'on veut au petit déjeuner, on est libre.

En face de l'entrée le long du mur, une table surmontée de dizaines de répliques de plats en plastique avait été installée pour illustrer le menu. Les assiettes s'alignaient les unes à côté des autres, chacune exposant un plat différent : tartines de beurre, confiture, œufs au plat, viennoiseries… Les faux aliments étaient réalisés à la perfection. Ils étaient bien dodus et brillants. Ça m'a donné faim. Je me suis approché un peu plus près et l'illusion s'est envolée brusquement. Le vernis s'écaillait par endroits. Sur certains plats, de la peinture bavait légèrement d'un aliment sur l'autre. Ça m'a rendu affreusement triste tout d'un coup.

Nous nous sommes assis à une table dans un coin, devant une fenêtre. D'ici, je pouvais voir la voiture. Une nappe en papier recouvrait la table. Nous avons parcouru la carte en silence.

Le serveur est arrivé pour prendre la commande, un petit homme à l'air pincé avec des jambes arquées et un dos rond. Il portait un chapeau en forme d'œuf sur la tête avec le nom du restaurant en grosses lettres jaunes sur le devant.

— Vous ne faites que des petits déjeuners, c'est ça ? j'ai demandé.

Il m'a regardé d'un œil vide, avec son œuf sur la tête.

— C'est le concept, oui.

Il a soupiré et il a ajouté avec l'intonation chantante et forcée d'un jingle publicitaire :

— Un bon petit déjeuner, et c'est gagné pour la journée !

Juliet a commandé un bol de Maxi Kax fourrés noisette avec un café et moi des œufs brouillés.

Le serveur n'a rien noté nulle part, il m'a regardé comme s'il avait déjà raclé de sa semelle des formes de vie plus intelligentes et il a tourné les talons. Je me suis dit que c'était le genre de personne qui devait posséder une large collection de kimonos.

— Ça fait une éternité que je n'ai pas mangé de céréales, a dit Juliet. Quand j'étais petite, j'en mangeais tout le temps. Je me levais en silence très tôt le matin et j'allais me faire un bol. D'abord le lait, ensuite les céréales, toujours. Je remplissais le bol à ras bord et puis je transportais ça tout doucement jusqu'au salon, à deux mains, pour ne rien renverser. Et je regardais la télévision, seule, pendant que tout le monde dormait. Parfois je devais arrêter de mâcher pour pouvoir écouter.

— Je ne me souviens pas de ce que je mangeais le matin quand j'étais petit, j'ai dit.

— Des raisins secs, peut-être.

Elle a souri.

Quelqu'un avait oublié le journal sur la table. Il était ouvert à la page de la rubrique nécrologique. Quand je tombe dessus, je calcule toujours l'âge des morts et je le compare à mon âge à moi. Encore vingt ans. Dix-sept ans. Quatre ans.

Les plats sont arrivés. Juliet a bu une longue gorgée de café et elle a fait claquer sa langue de plaisir contre son palais en reposant sa tasse.

— Vous ne buvez pas de café, vous ? elle m'a demandé.

— Pas depuis longtemps. Ça m'a toujours fait loucher terriblement.

— Moi, j'adore ça le café, j'en bois tout le temps. Ce que j'aime par-dessus tout, c'est me faire une tasse brûlante et la boire dans mon bain. Lenny trouvait ça bizarre. Il faut dire que je prends toujours mes bains très chauds. Tellement chaud que je dois entrer tout doucement, petit à petit. Pour laisser mon corps s'habituer.

— Je déteste prendre des bains. J'ai l'impression de stagner dans ma crasse.

— Oui, mais c'est votre propre crasse, ça ne compte pas.

— Et puis on est trop immobile dans un bain, on se met forcément à trop penser au bout d'un moment. Je préfère prendre des douches.

— Oui, Lenny ne prenait que des douches aussi. Et il ne s'essuyait jamais vraiment après, il se laissait juste sécher à l'air libre, comme ça.

J'ai pris une bouchée d'œufs fumants.

— Je peux vous poser une question ? j'ai dit.

— Bien sûr.

— C'est quelqu'un de votre famille, Lenny ?

— Lenny, c'est… C'est mon… Enfin, c'est quelqu'un qui n'est plus là.

Elle a mis une imposante cuillerée de Maxi Kax dans sa bouche. Ça a fait couler un peu de lait sur son menton. Elle a ajouté :

— Je crois à la vie après la mort, de toute façon.

— Vous voulez dire quand quelqu'un meurt et revient sous une autre forme ?

— Non, ça c'est la réincarnation. Moi je parle de vie après la mort.

— Ah les fantômes, les esprits ?

— Non.

— Le paradis et l'enfer ?

— Ha ha. Non.

— Je ne vois pas.

Elle a pointé l'écran qui était accroché au mur à l'autre bout de la salle.

— Eh bien, par exemple, je regarde la télévision là-bas. Et ça me rappelle que Lenny détournait toujours les yeux quand une injustice arrivait à quelqu'un à l'écran. Il ne le supportait pas. Et je devais lui dire quand la scène était finie. Alors, il vit un peu là maintenant.

Elle a bu une autre gorgée de café, en a versé un peu dans le lait de ses céréales et a ajouté :

— Et souvent, quand on faisait les courses, ça lui donnait faim, alors il prenait des choses dans les rayons du supermarché et il les mangeait avant de les acheter. Ça me gênait toujours affreusement. Alors, il vit un peu là aussi. Dans ce moment. C'est ça la vie après la mort. Quelqu'un qui mange un Twix dans le rayon d'un supermarché.

J'ai senti quelque chose de brûlant au fond de ma poitrine. J'ai eu envie de dire quelque chose, mais je n'ai pas su quoi alors je n'ai rien fait et je suis resté avec ma grosse boule molle en travers de la gorge. J'ai marmonné quelque chose à propos des toilettes et je suis sorti par la porte du fond. Derrière le restaurant, devant l'entrée de service, une rangée de poubelles multicolores s'alignait contre le mur. Elles m'ont fait une drôle d'impression. On aurait dit une rangée d'urnes décadentes. J'ai eu un hoquet. Je me suis appuyé contre le mur, la tête entre les bras, et c'était frais et sombre là-dessous.

— Ah ! Vous étiez passé où ? a demandé Juliet.

Je me suis rassis en face d'elle.

— Vous ne mangez pas ça ? j'ai dit en montrant le fond de son paquet de céréales où il restait un petit tas de poussière chocolatée.

Elle a fait une moue de dégoût.

Sur un coin de la nappe en papier, quelqu'un avait dessiné une spirale aux courbes compliquées. Juliet a déchiré le bout de nappe et l'a plié soigneusement avant de le mettre dans sa poche.

— On y va ? elle a dit.

En remontant dans la voiture, elle a reniflé une ou deux fois.

— Vous savez que ça sent la cigarette dans votre voiture ? Vous fumez ? Je ne vous ai pas vu fumer.

— Rita fumait tout le temps dans la voiture. L'odeur n'est jamais partie.

J'ai tourné la tête vers mon siège pour sentir. L'odeur était vague mais toujours là.

— Elle laissait toujours sa cendre pencher le plus bas possible au bout de sa cigarette avant de la faire tomber.

J'ai mis le contact. La voiture a démarré au quart de tour.

XVIII

Devant l'imprimerie en haut de la falaise, on voyait la mer. Aujourd'hui, elle était sombre et ne reflétait rien.

Nous sommes restés devant la voiture un moment, à regarder les vagues.

Il y avait un embarcadère en bas, avec un ferry jaune et bleu amarré devant. Juliet s'est tournée vers moi :

— Vous savez que je n'ai jamais pris le bateau ?

Elle a mis sa main en visière devant son front pour regarder au loin et a ajouté :

— Peut-être que j'ai le mal de mer et je ne le sais même pas.

Un type fumait une cigarette devant l'entrée, il a tiré sur le filtre en le tenant entre le pouce et l'index, puis il l'a jeté au loin et il nous a fait signe de le suivre. À l'intérieur, il est passé derrière un long comptoir brillant qui ressemblait à un bar. L'air avait l'odeur tiède du papier fraîchement imprimé.

Un bruit sourd et continu semblait venir de quelque part, loin à l'intérieur du bâtiment. J'ai touché le mur du bout des doigts, il m'a semblé vibrer légèrement.

— Il paraît que vous imprimez toutes sortes de choses ici ? j'ai dit.

Le type a soupiré un peu fort en plein dans mon visage.

— Avant, oui, on faisait de tout. Mais on ne fait plus que les petits caractères maintenant.

— Les petits caractères ? a demandé Juliet.

Il s'est accoudé au comptoir :

— Oui, ce qui est écrit en petit en bas des pages et à la fin des documents par exemple. Quand on ne veut pas que ça se voie trop. Ou quand ça n'a pas assez d'importance. Ou qu'on n'a plus assez de place. On imprime des livres, des contrats, des notices de médicaments, des emballages de nourriture…

Il a sorti un briquet de la petite poche au-dessus de la vraie poche et il a allumé une autre cigarette.

— Les assurances, on ne fait plus par contre. Les petits caractères dans l'assurance, c'est un vrai nid de vipères. On s'est aperçu qu'ils faisaient imprimer des formulaires intentionnellement imbitables. Pour que les gens se trompent en les remplissant, vous voyez. Des tas de malades ont porté plainte, ça a été un scandale terrible. On a arrêté les assurances après ça. Ce n'est pas parce qu'on est dans le business des choses cachées qu'on ne peut pas avoir de morale.

Il avait une façon de regarder légèrement au-dessus de nous, comme s'il s'adressait à quelqu'un loin derrière. Nous avons hoché gravement la tête de haut en bas.

— C'est quoi ce bruit ? a demandé Juliet.

— Les machines.

Il a pointé un doigt vers son oreille et a fait une pause dans sa phrase pour écouter avant de continuer.

— Ultraperformantes. Ah, ça demande du matériel de précision pour faire du bon petit caractère. Du caractère de qualité. Mais ça prend de la place. Plus la machine est grosse, plus les caractères sont petits. Et on a des polices de caractères pas plus grandes qu'une patte de mouche dans notre catalogue. Il y a toute une équipe de typographes sur place qui travaillent sur des prototypes de lettrage spécialisé. Ils ont un étage spécialement pour eux. Pas les plus sympas, les typographes. Mais là il n'y a personne, ils sont tous à leur séminaire annuel.

Il a pointé du doigt une affiche accrochée au mur où on pouvait lire : « Conséquence de l'italique sur la psyché ». Il a levé les yeux au ciel en tirant une bouffée de sa cigarette.

Il a regardé dans ma direction pendant un moment. Comme s'il détaillait quelque chose.

— Vous avez déjà travaillé ici ? il m'a demandé.

— Non, pourquoi ?

Il m'a regardé à nouveau. Plus intensément.

— Vous avez la nature pour, ça se voit.

— Qu'est-ce que ça veut dire ?

— Que ce n'est pas pour n'importe qui. Mais je les reconnais tout de suite, ceux qui ont le truc. Ce n'est jamais trop le même genre, mais ils ont un truc. Comment expliquer ? Ce sont des gens que ça ne dérange pas de faire la queue. Des gens qui ne regardent jamais leur courrier.

Il a réfléchi un peu et a continué :

— Des gens qui n'ouvrent pas leur boîte de conserve jusqu'au bout, vous voyez ?

Je ne voyais pas. Juliet a hoché la tête comme si elle comprenait très bien. Il a ajouté :

— J'aurais pu jurer que vous aviez déjà travaillé ici.

Derrière nous, contre le mur, une volière en fer-blanc grinçait dans un coin de la pièce. Elle n'était pas immense, mais nous aurions pu y entrer à deux et faire quelques pas. Des oiseaux qui se ressemblaient tous s'affairaient à l'intérieur. J'ai tendu l'oreille vers eux, mais le ronron des machines recouvrait tout. Ils avaient l'air silencieux, calmes. La porte de la volière était grande ouverte, mais ils ne semblaient pas vouloir sortir. L'homme derrière le comptoir a dit :

— Il y avait des vieux pigeonniers abandonnés avant ici. Là où nous sommes. Ils les ont démolis quand ils ont construit l'imprimerie. Mais les oiseaux ont continué à venir. On pensait qu'ils allaient finir par comprendre, par trouver un autre endroit. Mais ils ont continué à venir, à tournoyer au-dessus de l'imprimerie tous ensemble comme un gros essaim. Vous voyez quand les oiseaux font ça ? Quand ils bougent tous ensemble ? Ça faisait même peur aux employés à la fin. Et puis ça faisait des dégâts pas possibles. Alors ils ont fini par installer cette volière. Ils sont bien, là. Tranquilles. C'est loyal, ces bêtes-là. Ça n'oublie jamais.

— Un murmure, a dit Juliet.

— Hein ? a dit le type.

— Ça s'appelle un murmure. Quand les oiseaux font ça. Quand ils tournoient tous ensemble en volant, comme un seul être. Ils font ça au crépuscule surtout, quand ils doivent trouver un endroit pour dormir. C'est joli, non ? Un murmure.

Tout d'un coup, une odeur puissante a envahi le hall. Juliet a froncé le nez.

— Ça dégage, hein ? a dit le type. On a changé notre fournisseur de papier il n'y a pas longtemps. Ils font un nouveau genre de matériau à base de substance recomposée. Le papier peut avoir été n'importe quoi avant : un cercueil, une barque, un tonneau de vin… Ça fait du très bon papier, qui absorbe l'encre d'une manière spéciale. Mais il a une drôle d'odeur. Jamais la même à chaque livraison.

Parfois ça sent la vieille monnaie ou l'eau stagnante, ou la peinture à l'huile ou l'humidité ou le beurre ou...

Il a continué à énumérer les odeurs sans s'arrêter. Nous nous sommes éloignés doucement du bureau, puis de l'entrée. Il faisait bon. Nous avons avancé sans croiser personne.

Au détour d'un couloir, Juliet s'est assise sur une chaise qui se trouvait là.

— Je me sens patraque tout d'un coup. Je vais me reposer un peu. Je crois que c'est la pensée de toutes ces choses transformées en d'autres choses.

Elle est passée devant moi pour s'asseoir et j'ai senti son odeur, celle de la petite poche d'air plus dense qui stagne entre les vêtements.

Mes pas ont fait écho doucement sur le sol. Une des portes qui donnait sur le couloir portait une plaque en cuivre où était écrit : ARCHIVES. En entrant, le silence est tombé brusquement. L'endroit était immobile. Des meubles à tiroirs s'alignaient contre les murs et une partie de la pièce était occupée par des piles immenses de Bottin branlantes. On pouvait voir l'année sur la tranche de chaque volume. Je me suis demandé si ça manquait aux gens, les Bottin. J'en ai pris un au hasard par terre au milieu d'une pile effondrée. J'ai cherché l'emplacement où mon nom pouvait être, mais il n'y avait rien à cet endroit. Sur une des pages, un numéro de téléphone m'a paru familier. Ça m'a rappelé le numéro d'une ancienne maison, il y a longtemps. Et si j'appelais ce numéro aujourd'hui ? Est-ce que je tomberais sur le passé ? J'ai noté le numéro sur un morceau de papier au cas où. On avait toujours des bons numéros de téléphone dans la famille. Avec des zéros et des numéros qui se répètent. Rita appelait la compagnie de téléphone et racontait qu'elle était dyslexique et qu'il fallait nous attribuer un numéro facile à épeler.

Sur les murs, des feuilles blanches étaient accrochées dans des cadres les uns à côté des autres. Chaque feuille avait une teinte de blanc légèrement différente et une étiquette en dessous :

5 g
Teinte : Ivoire
Absorption : 7/10
Froissabilité : 6/10
Tranchant : 4/10
Notes : Térébenthine, miel

7,5 g
Teinte : Lait caillé
Absorption : 10/10
Froissabilité : 4/10
Tranchant : 7/10
Notes : Iode

5 g
Teinte : Écume
Absorption : 6/10
Froissabilité : 9/10
Tranchant : 0/10
Notes : /

5,5 g
Teinte : Chantilly
Absorption : 7/10
Froissabilité : 8/10
Tranchant : 2/10
Notes : Linge humide

Les rangées de cadres continuaient le long du mur jusqu'à un passage étroit. À l'intérieur, les étiquettes étaient de moins en moins lisibles, les feuilles de moins en moins blanches, abîmées par le temps. Un brouhaha mécanique résonnait de plus en plus fort à mesure que j'avançais, jusqu'à emplir complètement le passage. J'ai continué à avancer vers le bruit. Ça faisait *tchac-tchac-tchac-TCHAC-TCHAC-TCHAC-TCHAC*, et juste avant de sortir du tunnel, ça s'est mis à faire *teu-teu-teu-teu-teu*. J'ai débouché sur une pièce grande comme une cathédrale. Le bruit était assourdissant. Plusieurs machines de la taille d'une rame de métro tournaient à plein régime. J'ai poussé une exclamation que je n'ai pas entendue. Des tapis roulants faisaient glisser des paquets de feuilles à toute allure. Elles ressortaient un peu plus loin, chacune précipitée vers une machine différente. Ça fusait, ça dépotait dans tous les coins. Derrière une des machines, il y avait un petit lit de camp avec des draps bien tirés au carré. Il devait être un peu bancal parce qu'un papier était plié sous un de ses pieds. *tchac-tchac-tchac-TCHAC-TCHAC-TCHAC-TCHAC.* Ce n'était pas désagréable comme vacarme. C'était comme de grandes vagues régulières. Comme un train couchette. Une berceuse monstrueuse. Les sons se fondaient les uns dans les autres. *tchac-tchac-tchac-TCHAC-TCHAC-TCHAC-TCHAC-teu-teu-teu-teu-POUMPOUMPOUM teu-teu-teu-teu-teu.* J'ai fermé les yeux. Je me suis demandé quel jour on était. Mardi sûrement, les mardis on se sent toujours un peu plus seul. Rita est née un 21 juin, le jour le plus long de l'année. C'était peut-être un mardi, cette année-là. *tchac-tchac-tchac-TCHAC-TCHAC.* Ma langue me fait mal, j'ai dû me brûler en buvant quelque chose. Mais je ne me rappelle pas quoi. *teu-teu-teu-teu-teu.* Je me sens fatigué. Mais de la bonne fatigue, lourde, comme lorsqu'on a beaucoup nagé. Je me demande à quoi ressemble la chambre de Juliet. Si elle y met des fleurs de temps en temps. *tchac-tchac-tchac-TCHAC-TCHAC.* Encore ces formes qui flottent dans le coin de mon œil. Elles s'échappent dès que j'essaye de les regarder en face. Je ne sais pas ce que c'est. *tchac-tchac-tchac-TCHAC-TCHAC.* Il y a toujours cette odeur quand on allume des radiateurs qui n'ont pas servi depuis longtemps. Ça sent le chaud. Ça a une odeur, le chaud. Ça rend les yeux secs. Rita était frileuse. Elle détestait avoir froid. Elle avait toujours les mains froides. Et les pieds froids. *tchac-tchac-tchac-TCHAC-TCHAC.* Je me demande si ce gars a trouvé son chien. *tchac-tchac-tchac-TCHAC-TCHAC.* Peut-être que je devrais prendre un chien, moi aussi. Mais comment je l'appellerais ? C'est très dur de nommer les choses. Il faut y réfléchir à deux fois. Ne pas se tromper. Ça a des conséquences, les noms. Un chien qui s'appellerait Camélia ou Mélisse, ce serait navrant. Il ferait des choses navrantes. Il ne déterrerait jamais rien d'intéressant. Il faudrait trouver quelque chose de flamboyant. Un nom de chien qui a du chien. Comme Lonzo ou Grabuge. Je connaissais quelqu'un qui récupérait des chiens errants dans la rue et elle les appelait tous par le même nom avec un numéro différent. Pardi I, Pardi II, Pardi III. C'est terrible ça. *Teu-teu-teu-teu-teu-teu-teu-teu-teu-teu.* Il y avait ce gamin à l'école. Il montrait tout le temps à tout le monde une photo du plus gros chien au monde. Il était un peu spécial. Il disait à tout le monde qu'il avait une machine à voyager dans le temps. Peut-être qu'il disait la vérité. Je devrais le retrouver. Est-ce qu'il y a de la place pour les jambes dans une machine à voyager dans le temps ? Des plateaux-repas ? *tchac-tchac-tchac-TCHAC-TCHAC.* Peut-être que je pourrais faire un somme dans ce lit là-bas. Ça ne dérangerait personne. Et je verrai après. Je verrai plus tard. *teu-teu-teu-teu-teu.* Quand Rita parlait au téléphone, elle avait toujours une voix un peu différente. Plus aiguë, suave. Je n'aimais pas l'entendre. Comme s'il existait une autre version d'elle-même que je ne connaissais pas. Celle du téléphone avait l'air d'avoir un peu trop envie que les gens l'aiment. Mais peut-être qu'il y avait encore d'autres versions ? Une version qui marche trop lentement dans la rue. Une qui mâche bien fort en public. Une qui oublie les noms des autres. *teu-teu-teu-teu-teu.* Je ne sais pas.

XIX

J'ai attendu longtemps dans le couloir. La chaise était dure contre mon dos. J'ai attendu longtemps, mais il n'est pas revenu. Je crois que ça ne m'a pas tellement surprise, je ne sais pas pourquoi. L'endroit m'a semblé étrange tout d'un coup, inhospitalier. Je me suis levée et je suis partie.

Le type à l'entrée était penché sur une vieille radio, il écoutait et écrivait quelque chose en même temps. Il n'avait pas l'air surpris de me voir seule. Il m'a fait un signe de loin.

Dehors, le sel m'a picoté les narines. Je ne savais pas tellement quoi faire alors j'ai décidé de faire le tour du bâtiment. Il n'y avait pas de barrière au bord de la falaise. J'ai marché lentement, en restant près du mur, loin du vide. La paroi extérieure était froide et lisse. Je n'avais pas peur.

À l'arrière, un rassemblement d'arbres très dense séparait l'imprimerie de la falaise. Ça m'a rappelé quelque chose, ces arbres longs et pointus qui montaient tout droit vers le ciel. On les plante souvent le long des champs pour casser le vent qui empêche les cultures de pousser. Des arbres brise-vent. Ils m'ont toujours semblé un peu minces pour briser quoi que ce soit. Mais il paraît que c'est la meilleure espèce pour ça. Ils avaient une drôle d'allure tous serrés les uns contre les autres comme ça, comme une minuscule forêt. Comme celles qu'on voit parfois le long des autoroutes. Elles m'ont toujours paru étranges, abandonnées, ces petites forêts d'autoroute. Aucune route ne semble jamais y entrer ou en sortir. Est-ce que des gens vont là-bas ? Est-ce que des gens s'y promènent ? Peut-être que des oiseaux et des insectes inconnus vivent là-dedans et personne ne le sait. Des animaux un peu sourds, qui ne seraient pas dérangés par le bruit. Qui seraient apaisés par le murmure des voitures au loin. Je devrais aller y jeter un œil un jour à ces forêts. Voir ce qu'il s'y passe. Mais je crois qu'on s'y sentirait un peu seul.

Au pied des arbres, des poignées de petits vers blancs et dodus se tortillaient sur le sol. Ils avaient une attitude étrange, comme s'ils attendaient quelque chose. Je me suis penchée pour les regarder de plus près. Ils semblaient venir directement des profondeurs. J'ai entendu un bruit au loin. On aurait dit quelqu'un qui chantait ou sifflait, sans arriver à se décider entre les deux. C'était une mélodie lente, pas tout à fait triste. Elle avait l'air de poser une question importante, qui n'aurait pas pu être formulée autrement.

Un petit groupe de personnes se tenait juste devant la falaise. Je me suis approchée, mais elles n'ont pas fait attention à moi. Cela semblait être la fin de quelque chose. Un type très costaud portait sous son bras une boîte en carton qui avait l'air vide. On aurait dit une simple boîte à chaussures mais décorée de façon soignée, délicate. Je me suis demandé si c'était lui qui avait fait ça. Ils se tenaient tous en cercle autour d'une petite motte de terre fraîchement retournée. La chanson était finie maintenant. Ils sont restés là un moment sans rien dire et puis les uns après les autres, ils sont revenus lentement vers le bâtiment. Ils sont passés devant moi en silence, l'un d'entre eux m'a souri doucement. Le grand type avait les mains profondément enfoncées dans ses poches. Il m'a frôlé l'épaule en passant. C'était bien plein et compact, comme de la matière condensée dans un de ces emballages sous vide. Comme s'il n'y avait plus de place pour autre chose.

À côté du tas de terre et tout autour, des pyramides de cailloux posés les uns sur les autres semblaient tenir debout par miracle. Ça a un nom, ces petites pyramides de pierres. Je suis restée longtemps sans bouger à essayer de m'en souvenir. J'ai eu la tête qui tourne un peu, comme si je m'étais levée trop vite. J'ai senti l'ancienne peur me picoter les doigts.

Devant l'entrée de l'imprimerie, le grand type rangeait des choses à l'arrière d'une fourgonnette. Il n'avait pas l'air pressé.

Sur le côté de la camionnette était écrit en lettres cursives :

Dom' Pompes Funèbres Animaux – Toutes espèces –
Devis sur demande

— Je vous ai vu là-bas, j'ai dit.

— Vous travaillez ici ?

— Non. J'accompagnais quelqu'un.

J'ai réfléchi.

— On cherchait quelque chose.

Il m'a regardée d'un air curieux, mais il n'a rien dit. J'ai fait un signe vague vers la falaise :

— C'est vous qui les avez construites, les petites pyramides de pierres ?

Il s'est remis à fourrager dans son camion.

— Non. Ce n'était pas dans le package.

— Ah. Et vous ne savez pas comment elles s'appellent par hasard ? Ces pyramides.

— Mmmh. Non, désolé.

Je ne sais pas pourquoi, mais il s'est arrêté de ranger et il m'a demandé :

— Ça va ?

— Oui. Oui, je crois. Je me sens un peu drôle.

— Vous voulez du thé ? Je me fais toujours un Thermos le matin et puis je l'oublie et je ne le termine jamais.

Il avait une façon de parler très douce, qui venait mourir sur les consonnes. Comme si cela aurait été trop intense.

— Ah oui, volontiers.

Il m'a fait signe de m'asseoir en tapant du plat de la main sur le bord du camion et puis il a fait le tour du véhicule.

— Moi je le bois avec du lait et du sucre. Ça vous va ?

— C'est parfait. Merci.

Il nous a servi une tasse chacun et il s'est assis à côté de moi. Il portait une vieille veste de corduroy, qui avait l'air robuste et pleine de secrets.

— Elle est chouette votre veste, j'ai dit.

— Merci. C'est rare une bonne veste. Le plus important dans une veste, c'est les poches intérieures. Il faut toujours avoir une poche intérieure. Deux, c'est l'idéal. Mais au moins une, c'est capital.

En disant ça, il a tapoté un peu sa poitrine. J'ai dit :

— Oui. Oui, c'est vrai ça.

J'ai tapoté ma propre poitrine, mais je n'avais pas de poches intérieures. Je me suis demandé ce qu'il pouvait y avoir dans les siennes. J'ai fait un signe de tête vers le côté de la camionnette :

— C'est vous Dom' ?

— Non. Dom', c'était ma mère. Elle adorait les animaux. Elle disait que ce n'était pas normal que les hommes reçoivent des honneurs dans la mort et pas les animaux. Que ce n'était pas normal, et que quelqu'un devait faire quelque chose. C'est comme ça qu'elle a commencé. Pourtant, on n'a jamais eu d'animaux domestiques quand on était petits. Elle n'avait pas besoin qu'ils lui appartiennent, elle disait.

— Alors les gens vous appellent et vous demandent d'organiser l'enterrement de leurs animaux ?

— Oui, voilà. Et ils sont exigeants, vous seriez surprise. Ils veulent tout le tralala. Musique, fleurs, bénédiction. Même un prêtre parfois.

— Les prêtres font ça ?

— Pas tous les prêtres.

— Et vous êtes venu pour quoi ici ?

— Ici ? C'est toujours des oiseaux ici.

Il a fini sa tasse d'une traite et l'a fait tourner entre ses grandes paluches. On aurait dit un jouet. Il a continué :

— C'est ce que je préfère, les enterrements d'oiseaux. C'est toujours un peu différent des autres animaux, je ne sais pas pourquoi. Plus triste. Mais plus beau aussi. Peut-être parce qu'ils ne sont pas vraiment censés être là. Domestiqués, je veux dire.

— Vous avez un animal préféré ? j'ai demandé.

— *Turdus merula*, il a répondu sans hésitation.

— Pardon ?

— Le merle noir.

— Et pourquoi lui ?

— Ma mère m'emmenait observer les oiseaux dans la forêt quand j'étais petit. Toutes les semaines, religieusement. Je détestais ça. Elle accrochait une mangeoire à un arbre et elle me disait de me cacher sous une vieille bâche, avec une paire de jumelles et un micro. Un de ces vieux micros carrés qui ressemblait à une brique. Ceux avec la petite parabole au-dessus. Il était tellement lourd que j'arrivais à peine à le soulever. Elle me disait : « Tu le pointes sur tout ce qui bouge », et puis elle allait se cacher plus loin, sous une autre bâche, derrière un autre arbre, avec un autre micro. On passait parfois des après-midi entières comme ça. Elle était tellement contente. Je n'aurais jamais pu lui dire que je détestais ça. Une des dernières fois où je suis allé avec elle, je devais avoir seize, dix-sept ans. J'étais sous la bâche, j'attendais. Il avait plu la veille, il n'y avait pas grand-chose à voir. Mais un merle a fini par se poser à côté de ma cachette. Il a picoré un peu et puis il est resté là sur sa branche, à quelques mètres de moi. Je le voyais parfaitement. J'ai braqué le micro sur lui et je l'ai entendu chanter mais c'était comme étouffé, marmonné. Je l'ai regardé et j'ai vu que son bec était fermé. J'ai écouté encore. Et c'est là que j'ai compris. Il chantait pour lui. Personne n'aurait pu entendre ça, sauf moi sous ma bâche mouillée, avec ma brique sous le bras. Il chantait pour lui. Pour son propre plaisir. Pour le plaisir de chanter.

Il avait raconté ça d'une traite, sans s'arrêter. Et puis il s'est mis à siffler d'une façon particulière, avec la lèvre du bas un peu retroussée, et on aurait dit un oiseau. J'ai demandé :

— Et votre maman, qu'est-ce qu'elle en a dit ?

— Je ne lui ai pas dit.

— Ah ?

— Ça m'a semblé être un secret, à l'époque. Comme si c'était quelque chose que je n'étais pas vraiment censé voir ? Je ne sais pas. Mais j'ai fini par lui dire. Plus tard.

Je me suis cogné la dent de devant sur le bord de la tasse. Ça a fait un bruit bête et douloureux. Il a dit :

— Vous êtes sûre que ça va ? Vous avez l'air un peu pâlotte.

— Oui, oui, ça va. C'est ces pyramides. Je deviens nerveuse quand je ne retrouve pas un mot.

— Ça finit toujours par revenir, non ? Généralement, dès que vous vous mettez à penser à autre chose, ça revient.

— Oui. Oui.

— Ça vous arrive souvent ?

Il me regardait d'un air tranquille, attentif. La petite tasse me chauffait le creux entre l'index et le pouce, là où la peau est plus tendre. Rien ne m'attendait. Nous avons discuté encore un peu, il a parlé de choses et d'autres, du meilleur appeau et encore d'autres oiseaux. De ce qu'on fait quand on est seul.

Je n'ai pas dit grand-chose et c'était très bien comme ça.

— Je peux vous déposer quelque part ? il a demandé.
— Non, ça ira.
Il a essuyé les petites tasses vides sur un pan de sa veste et, en partant, il a agité son grand bras par la fenêtre pour me dire au revoir.

Comment s'appellent ces pyramides déjà ? Je suis restée un moment à regarder les vagues se faire et se défaire au loin. C'est drôle comme on ne pense jamais à la mer quand on regarde la mer.
J'ai senti la vieille peur me picoter les doigts. J'avais déjà oublié le nom des choses une fois. Je ne sais pas si j'aurais pu m'en remettre à nouveau. *C.* Ça commence par un *c*, je crois. J'étais dehors aussi, la fois où c'était arrivé. Comme maintenant. Peut-être qu'il y a quelque chose dans le plein air qui fait penser différemment, qui fait oublier certaines choses, se rappeler d'autres. Combien on avait récolté de courgettes cette année-là ? Une centaine ? Plus ? Lenny disait qu'il allait faire des confitures. Des confitures de courgettes. « Tu vas voir. » Je ne sais pas combien de temps j'ai passé à en ramasser cet été-là. Peut-être que c'est arrivé à cause d'elles finalement. Quelque chose de pas net à l'intérieur. Un atome, une molécule qui aurait mal tourné. Ça va vite ces

choses-là. Je ne pense pas en avoir remangé depuis, tiens. Le vieux panier plein de courgettes sous le bras. J'ai baissé les yeux et je ne savais plus. Ce que c'était. Je savais *ce que c'était.* Mais je ne savais plus le mot. Nada. Ce n'était pas un oubli, comme quand on a un mot sur le bout de la langue. Non pas comme ça. *Courgettes Courgettes.* Le mot n'existait plus. Il n'avait jamais existé. Mais elle était là. Devant moi. Cette grande courge bête. Je n'ai jamais eu aussi peur de ma vie, je crois. Cette grande courge bête qui existait et qui n'existait plus. Et puis, le reste a suivi. Le reste des mots. Disparu. L'herbe, le ciel, la binette. La mouche, mes bottes. Et toutes les choses simples et bonnes. J'ai eu la tête qui tourne. Je me suis allongée sur le sol et la terre était fraîche sous mon dos et ça m'a fait du bien. Je ne sais pas combien de temps je suis restée comme ça. À laisser les formes blanches et douces là-haut passer au-dessus de moi. Je ne sais pas combien de temps je suis restée comme ça. À penser aux noms des choses. Je n'ai jamais eu aussi peur de ma vie. Et puis, ils se sont mis à revenir. Je n'ai pas bougé. Je les ai laissés venir. Je ne voulais pas leur faire peur. Je n'ai pas bougé. J'ai fermé les yeux. J'ai attendu qu'ils viennent à moi. J'ai attendu que le nom des choses revienne.

Lenny était à contre-jour quand il s'est penché sur moi, alors je n'ai pas vu son visage. « Ça va ? » il m'a demandé. J'ai dit oui. « Qu'est-ce qu'il y a ? » Je n'ai rien dit. Je savais que c'était peine perdue. Certaines choses résistent au passage des mots.

Un cairn.
Ça s'appelle un cairn.
Les petites pyramides.

Je savais que ça commençait par un *c*. J'ai respiré un grand coup par la bouche. Ça m'a fait du bien. Je suis revenue vers la voiture.

Les clés étaient restées sur le contact. Je me suis assise à la place du conducteur et j'ai démarré. Je suis restée là, à écouter le moteur tourner doucement. Sous moi, j'ai senti dans l'assise du fauteuil le creux qui ne m'était pas destiné. De la mousse jaune dépassait des coutures. J'en ai tiré un peu qui s'est effrité dans ma main. Les vitres étaient sales. Le rétroviseur au-dessus de ma tête reflétait un bout de mer au loin. J'ai avancé ma main vers la boîte à gants mais quelque chose m'a arrêtée, un pressentiment, le respect des choses fermées. J'ai jeté un œil sur la plage arrière. Un gentil bric-à-brac recouvrait les sièges. Des bricoles banales, intimes. Avant de sortir, j'ai abaissé le pare-soleil au-dessus du volant, un petit ticket bleu clair m'est tombé sur les genoux. Il était froissé avec une date de stationnement à moitié effacée. Je l'ai tourné un peu entre mes doigts et je l'ai remis à sa place. Il n'y avait rien sur les clés, pas de porte-clés, pas de chaîne, de gri-gri. J'ai coupé le contact et j'ai caché les clés sur la roue, derrière le garde-boue. On ne sait jamais.

La route descendait en pente raide jusqu'à la mer.

Cet ouvrage a été mis en pages par

<pixellence>

Imprimé en France par CPI
en novembre 2022

Dépôt légal : janvier 2023
N° d'édition : 542877-0
N° d'impression : 172479